微塵記

微塵記

作者： 張婉雯
責任編輯： 羅國洪
裝幀設計： Deep Workshop

出版： 匯智出版有限公司
香港九龍尖沙咀赫德道2A首邦行803室
電話：2390 0605｜傳真：2142 3161
網址：http://www.ip.com.hk

發行： 香港聯合書刊物流有限公司
香港新界大埔汀麗路36號中華商務印刷大廈3字樓
電話：2150 2100｜傳真：2407 3062

印刷： 陽光（彩美）有限公司

版次： 2017年3月初版
2018年10月第二版

國際書號： 978-988-77710-5-0

細認風中微塵
——《微塵記》序

■ 許迪鏘

　　那個夢之後一段很長的日子，我才鼓足勇氣告訴張婉雯，在這個奇怪而短暫的夢中，我就只問了她一句：你是不是生了隻狸貓？

　　別的人在面書上，盡是鋪自己的生活照，到哪兒旅遊，在哪兒吃過好東西，參加過甚麼活動；如果有子女，尤其是還年幼的，更多的是小朋友們天真可愛的模樣。但上一次見她（應是今年年中去看電影《筆驛天才》遇上她並承她購票相贈的前一次），知道她懷了孕，然後知道她誕下BB，但幾年下來，從沒在面書上讀過她寫自己的兒子，更不要說貼照片了。上了年紀的人心裏總是多疑，真有一刻心想，難道婉雯生了個見不得人的孩子？幸好，漸漸的她偶爾也提兒子一下，也有一兩張她陪小孩的生活照，雖然都是遮遮掩掩，側側膊，那我才安心，膽敢向她提出我的夢。

　　那一次見她是二〇一二年四月，我和江瓊珠在結束了的數碼電台主持一個讀書節目「周末書會」，其中一集請了張婉雯來做訪

問，幾個月前，二〇一一年十一月，她得了台灣第二十五屆聯合文學小說新人獎中篇小說首獎。訪問後我在面書寫了一段：

和張婉雯乘車到電台的途中，我們自然談到她去年參加《聯合文學》小說新人獎的經過。小說獎的評選過程相當慎重，初複選由《聯合文學》編輯和知名作家擔任，經複選選出五篇作品，再交五位名家決選。所以當張婉雯說她之獲得中篇小說大獎是出於幸運，我就認為並不盡然，幸運成分不一定沒有，但不會連續出現三次吧。

張大春去年曾公開宣佈，不再擔任任何徵文比賽的評判，他提過一句，近年他讀到的參賽作品，大都很「爛」。相信這也是中篇小說決選評審之一楊照在評審會中所說的意思，他說參賽作品「大多都使用同樣的模式寫作：找一個很神奇、奇特的點，然後從這個點開始發揮，『好像找到這個點，小說就成立了』。他們不在意如何為人物與情節發展關係，甚至連如何使用語言把各個不同元素組合在一起都不講究。」另一位評審東年則認為，「台灣作家注重形式、技巧卻不講故事，造成書寫的不自然」。張婉雯的得獎小說〈潤叔的新年〉貫徹了她歷年的寫作風格，沉潛細膩，人物關係、性格的推展近乎不動聲色，氣氛與情節相緊扣，作者的刻意經營僅於此窺見。沒有炫目的所謂技巧，更沒有就小說主角的殯儀件工背景而搬巧弄奇，感動人心的是其中緩緩滲出的人情世故。如果說西西寫殯儀化妝師的〈像我這樣的一個女子〉尚有一點曲折，〈潤叔

的新年〉是把可能的一點煽情也消滅於萌芽狀態。這樣子的小說，我跟張婉雯說，在香港不用指望得到甚麼徵文的首獎。我慶幸台灣還是有目光深邃、珍視文學傳統的評論家。正因如此，這次張婉雯獲獎我是特別的高興。

到電台見了江瓊珠，張婉雯提起，我們二人都與她的兩個第一次有關。她第一篇公開在文學刊物發表的作品，就是登在我編的《素葉文學》上，而江瓊珠是她第一部小說結集《極點》的發行人。但她說，收進《極點》的一篇小說，是在書出版後才在我們的雜誌登出來，但我怎也記不起有這麼的一回事。回家一查，的確，書出版於一九九八年七月，而這期雜誌是一年後的一九九九年八月才出版。按理說，已經出書的作品我們是不會拿來重出的，要麼，我喜歡這篇小說喜歡得不得了，要麼我把她的作品擱了一兩年才登，而不知作品已結集出版。我希望是第一個可能吧，否則我就是太懵懂了。

在相約的車站與張婉雯見了面，我按例問她最近忙嗎。她說都差不多，然後指指自己的肚子，這我才發覺，她的腹部輕微隆起，是有身孕了。我刻意壓低意外震驚的表情，自然不敢告訴她，我完全不知道她已經結了婚。有一刻我曾閃過一個念頭：張婉雯到底結了婚沒有？但立即想到，不會沒結的，她是個基督徒。

其實，張婉雯首次發表在《素葉》的是一首詩〈自控〉，刊於第五十六、七期合刊，一九九五年一、二月出版。小說〈公園〉，以筆名初生發表於第六十五期（一九九九年八月），而《極點》則是一部散文和小說合集。現在想來，張婉雯的小說用的也是一種散文筆調，屬抒情散文一路。當然，抒情也可以很激情，但張婉雯的抒情總是幽幽展現，點到即止。我喜歡的正是這種風格，散文如是，小說也如是。就如〈公園〉開頭一段：「那段日子，我還真喜歡獨自坐在公園裏，坐上一下午……公園逐漸在我無秩序的腦海中形成了，陽光的溫暖和氣味也一點點的回來。那時我十七歲。」當「我」在公園坐着的時候，有一位鄰校的男教師經過，說要請「我」去「喝一杯」，「我」拒絕了，最後：「當我知道自己考上了大學，我也同時知道小公園的生涯將要結束了。我將要步入另一個社會，和另一群人相處，那是一個更接近成年人的世界，需要較大幅度的調整與妥協。我告別了中學和小公園，一直至今天。然而，每次當我經過這個或那個小公園的時候，我總會想起那些氣味、那些聲音，和那段屬於我的、年輕的、孤獨的日子。」多麼輕巧而引人遐思的開頭和結尾，我們不都有過十七歲的「陽光的溫暖和氣味」？不都有過「屬於我的、年輕的、孤獨的日子」？我知道一開始就喜歡上張婉雯小說的原因。

然而所謂「沒有炫目的所謂技巧」卻說得浮泛，寫小說又怎會

沒技巧？炫目若得其所，那又如何？張婉雯的小說技巧極潛藏，有刻意的鋪排，然而推展近乎不動聲色。如本集中的〈離島戀曲〉其中一段寫：

佩欣不知道福福聽見一些她聽不見的聲音。牠朝遠遠的左邊看去，甚麼也看不見，卻分明聽到兩個人在吵架。聲音遠着呢，而且是熟人的，不妨事。福福只輕輕地嘀咕了一下，便守在佩欣的旁邊回家去了。

終於，全叔也聽見沈先生和沈太太的吵架聲了。

福福是一頭狗，狗能聽到一些人類聽不到的聲音，以「熟人的，不妨事」為鋪墊，由此帶出沈先生和沈太太的吵架。場景的轉換手法嫻熟，如果拍成電影，我們不難想像鏡頭的推移，以及背景音響過渡的流暢自然。還有一段：

飛蛾得到釋放，果然飛走了。牠飛着飛着，飛到福福的頭上，福福把頭搖了搖，牠便飛到蔡偉業房間外的大樹上。牠安靜地伏在那裏，翅膀上的圓形花紋像一雙大眼睛，看着窗內的蔡偉業。

小說其中兩個主角深宵在家裏說話，飛蛾給燈光吸引撲到窗前，給窗紗所阻，掙扎一番，最後飛到另一家。兩個場景由飛蛾牽引，再一次順利過渡。張婉雯用的是很傳統的全知觀點，她以上帝之耳，聽到人類聽不到的聲音；用上帝之眼，在深沉的黑夜看到飛

蛾由一家飛到另一家，以至於飛蛾「翅膀上的圓形花紋」。小說情節就是在婉轉流動的畫面、聲音、動作中鋪展，若化為影像，一定看得人賞心悅目。

小說中留學紐西蘭的英杰回港度暑假，住在契姨美好家，認識了美好以前的學生佩欣，佩欣讀時裝設計，打算到紐約、倫敦或東京深造，最後向英杰表示：「如果紐西蘭有時裝設計學校的話，我可能會到紐西蘭的。」英杰沒有明確反應，沒有結局，就是小說的結局。雖然後事如何，還有許多可能，令人不無感慨想到的，自是天下間許多感情，都在我們不經意間溜走了。驀然回首，我們竟驚覺，小說開頭其實已預示了它的結尾：

蔡婆的孫女佩欣在樓上的露台晾衣裳，看見英杰騎着單車在樓下經過。她把剛洗好的手帕向着陽光一揚，英杰的單車便從手帕下溜過，然後遠去。

我就是喜歡這種不經意的刻意。但有些細節，一不留神或者常識不足，很易會忽略過去。如美好回到三十年前開辦現已停辦並將交回政府的小學，在圖書館裏撿出一部書，「拍走封面的灰塵，是謝冰瑩的《女兵自傳》，白色的封面，上面畫有一枝蘭花。她把書放回書架，嘆了口氣。」《女兵自傳》成書於一九四九年，到六、七十年代在台灣仍甚流行，香港不少學校也用作「勵志」讀物。美

好看了這部書為甚麼嘆了口氣，讀者可自行解讀，但單單是這部書，便可反映出學校的時代背景，再不用多餘的說話。還有這一段，我讀了不禁會心一笑：

余美好吃了感冒茶，晚上精神好些了。她覺得肚子有點餓，便坐在床沿上，在黑暗中摸着拖鞋。客廳只有微弱的燈光；美好出了房間，只有廁所燈開了，屋裏沒有人。飯桌上放了一個倒轉的筲箕，美好打開一看，湯碗裏有飯，很多蕃茄，菜心的花沒摘乾淨。美好微笑起來。

不知道年輕讀者會怎樣理解最後兩句。英杰為患病中的美好預備了食物，為甚麼沒摘乾淨的菜心會令美好笑起來？一個立即想到的解釋，自然是笑英杰像許多時下年輕人一樣，辦事情總是「做啲唔做啲」、「天一半地一半」。兩個細微的動作（摘菜心和微笑）便暗藏兩代人的差異。我的笑，想到的多少少。時下年輕人不知有多少還會自己買菜洗菜煮菜的，去雲吞麵舖吃碗麵加油菜，那些菜如有菜花，都是未摘的，因不會花人手在這上面。洗菜懂得摘菜花的，要麼是像我這類「老餅」，又或者，有「老餅」父母。小時候阿媽就教落，菜花要摘去，因裏面有蟲。這說法現在想來不大科學，菜花有蟲，洗一兩次便會洗去，反而我常從菜葉上發現小白蟲。說有蟲，只是嚇小孩，摘掉菜花，我相信一是為了好看，去酒樓吃炒菜心，就不會有菜花，因酒樓畢竟要顧及食物的賣相；二是

為了好吃，我相信菜花會有點苦，不宜留。我洗菜必摘菜花，吾妻採折衷主義，花未開的，不摘。然則，美好的微笑，與其說是訕笑，會不會也是欣賞的笑呢？英杰為德不卒，到底是個「聽教」的孩子，保留了一點傳統的「美德」。總之，這一「笑」，含意相當豐富，是小說家的大手筆。

還有一個細節，其中趣味相信是我「獨得」的。〈玫瑰誄〉寫徐百強來到已故妹妹任教的女子中學，與校長商討借學校的地方給妹妹開追悼會。「從來不信上帝的徐百強，帶着一瓶紅酒、一罐錫蘭紅茶葉、一盒比利時巧克力，用柳枝蓋籃盛着，和太太二人親自拜訪無垢書院校長馮修女。」送給修女的禮品裏有一瓶紅酒，驟看似不大合理，細想才明白這是故意的一筆，所謂無酒不成禮，沒有酒，多名貴的禮物籃總像缺點甚麼，修女即使不喝酒（教規似乎並不反對修女喝酒的吧），也可用來款客，或轉送別人，放上一瓶酒，可見徐百強的老練世故。但我所說的獨得之趣不在此，而在接着的幾句：「他（徐百強）就留意到馮修女身後的矮櫃上放了好幾個糖果餅乾罐，食物似乎是省不得的。」女子中學修女校長室裏，看來必有一罐餅乾的，是嗎？伍淑賢的〈山上來的人〉裏，就不止一次提到校長室裏的餅乾，如：「（校長）說着給我遞來一小碟曲奇。我餓，拿了一塊。」小說的後段又有：「校長也沒有留我的意思，卻像上次般，從櫃頂拿出一罐曲奇，打開蓋，一陣香草味，裏

面有五六款，示意我自己挑。」校長室裏有糖果餅乾曲奇，真有趣，難道女仔人家，吃點甜頭甚麼都好商量？

另一個別具心思的細節是：「教堂內，莉莉亞坐在前排，一邊聽着詩班練習，一邊翻閱追思禮的紀念冊。冊上的中英文都是她親自寫的。她翻到最後一頁，從小提包裏拿出眼鏡；那一版有一個分號被植成逗號，她前後改了三次，總算沒錯了。莉莉亞鬆了一口氣。」分號是個很難用得正確的標點符號，莉莉亞用上了，顯示她的學養；校對改了三次，可見她的眼利和認真，呼應了小說中她比較挑剔和注意細節的個性。

張婉雯關注動物權益，集裏有兩篇應該算得上動物小說。〈打死一頭野豬〉裏確有一頭野豬給打死了，被打死的其實還有「白痴仔」羅志峰和他的南亞裔好朋友阿穩。〈老貓〉就索性用貓的身份去寫。以前學太極，師父教我們動作要如貓，就是無論多大的動作，如轉身蹬腿跳躍，都要像貓那樣，輕柔而連貫。張婉雯的小說正是這樣，狠、準，但不費勁。

說狠並不在於言辭的強悍，而在於刻劃人情的精準，兩者兼備的卻可見於〈陌路〉：

「謝謝你們幫忙。」這句話是利貝嘉的男友說的。他的名字叫傑。

「你婆媽甚麼？」利貝嘉笑道，「我們的交情容不下你插嘴。」

大家都笑了。

利貝嘉是小說主角夫婦的朋友，個性豪放，常轉換男友，也離過婚。兩主角和傑幫她搬家，傑以賓代主多說了一句，立即給利貝嘉搶白一頓。「我們的交情容不下你插嘴」，真是力發千鈞，氣勢何等凌厲。張婉雯人如其名的溫婉，文中冷不防來一記潑悍，若說文如其人，未免把小說藝術看得太簡單。

聯合文學小說新人獎之後，二〇一三年張婉雯以〈明叔的一天〉再獲《中國時報》文學獎短篇小說評審獎。我覺得，她是以生活瑣細呈現人生受現實宰制，即使面對生關死劫而波瀾不興的富有香港小說特色的筆法，再次考驗台灣評論家的閱讀趣味。她發個短訊告訴我獲獎，我說，不是已得過獎了嗎？她說，是另一篇。是我糊塗，之前已在媒體上讀到有關消息，但把〈明叔的一天〉和之前〈潤叔的新年〉搞混了，以為是同一篇作品，不明白何以又翻出舊聞。這兩篇在內涵和手法上有類似，是張婉雯最擅長的格局，但她的小說面向並不限於此。在本集裏，我們還可以讀到她（如前所言）對民胞物與的關懷，對現實的回應（如佔領運動），以至以老人境遇縮影社會現實；〈使徒行傳〉與其說是反映（基督）教會現

實，毋寧說是權力束縛理智和感情的透視。

在語言上，張婉雯的文字一般都恪守規範，〈明叔的一天〉用上了不少粵語，是照應人物的個性和生活脈絡，一路下來的作品也不乏「本土」用詞，如〈玫瑰誄〉中的「倒也覺得沒甚麼對不住死者了」、「便又回到無垢書院教書」，「對不住」和「教書」不難改成「對不起」和「教學」，不改，也可見她對「鄉音無改」的堅持。

這部小說集題為《微塵記》，我想到一首洋人的（曾經）流行曲Dust in the Wind，曲中反反覆覆唱着一句「我們都是風中的塵」。人間，佛家亦稱塵世，指凡俗的世界。人處塵世，是亦如塵，隨風飄揚一陣，無論揚得多高，多遠，仍復歸於土。小說中的微塵，紛紛擾擾，有的搖搖墜落，有的仍要在風中飄一會，飄到哪裏由不得自身決定，縱使有時竭力決定自己的方向。若有副題，似可作：An Elegy，一闋輓歌。Elegy雖多為悼亡之作，也可哀輓已逝的事物或感情。吾國之輓歌一說亦作挽歌，為役者勞動時以抒發勞苦的呼號。《微塵記》文字幽婉，語調時近憂悒，其豈亦輓歌的流亞？然而勞苦者之歌，不就是魯迅所說的「杭育杭育」派？魯迅認為勞動者在苦役時每哼出「杭育杭育」的抑揚頓挫歌調，若配上文字，就是詩歌以至文學創作的起源。文學抒發性情，得其正者哀而不傷，怨而不怒，讓人吐一口烏氣，也給人帶來慰藉。人若微塵，

然會得折射光線，讓人知道陽光之所在。微塵此記，我掩卷細味，雖不免感到人性的脆弱，也隱然窺見在風中飄揚的一些強橫的姿勢。

和張婉雯面對面認識，彷彿是很久遠的前塵往事，上網查一查，原來也不太久，才不過六七年，是二〇一〇年二月六日青年文學獎公開講座「作家對談」活動，對談的是張婉雯和我。談過些甚麼，自然無從憶記，但記得和她一起坐小巴下山，在車上有一搭沒一搭的說話。張婉雯很溫柔，但有點嚴肅，不是讓人可以放心開點玩笑的樣子。她要我寫序，我當然樂意，但心情和當日在小巴上一樣，未免戰戰兢兢。

二〇一六年十二月十八日

自序

對上一本小說集《甜蜜蜜》已是二〇〇四年的事了。中間這十多年，我一直在問出版小說的意義。既不能為生也沒甚麼掌聲，書店裏的書也多得很，再多一本拙作又有甚麼分別呢？

雨傘運動後，我看了一個手工肥皂展覽。主事人推着木頭車，在各社區裏示範手工肥皂、手工環保洗潔劑、洗手液等。那一刻我忽然明白：我以為自己是誰，出一本書就能改變這個城市甚至全世界？

我曾寫過一篇短文，記敘一次參加動物權益研討會的經驗。結尾如下：

「我能做的，不過是學習接受自己的渺小，如同塵埃，偶爾浮過窗前，讓人發現：原來這世上還有陽光。」

是以拙作起名《微塵記》。

二〇一六年十二月

目錄

陌路

利貝嘉離開香港的那個周末晚上，妻依舊在深水埗探訪露宿者。之後，她說肚子餓了。

「想吃甚麼？」我看看手錶，晚上十點。我們吃了晚飯才往深水埗的。

「隨便甚麼都好，我餓得很。」妻拉一拉衣襟。於是我們隨意走進一家招牌閃着燈的、還在供應晚餐的西餐廳——說是西餐廳可能不太貼切：棉質粉紅色枱布穿了洞（幸好還乾淨），水杯是膠的（也幸好還乾淨）。妻埋首餐牌快速地翻着，一口氣點了鐵板牛柳、洋葱湯、蒜蓉包和焗田螺。

「另加香蕉船和熱咖啡。」妻終於抬起頭來，「後上。」

侍應收起餐牌走了。我不作聲。妻已經戒吃紅肉一段日子了。她一直說吃牛殘忍。洋葱湯上桌時，我點了一杯啤酒。妻又隨手把酒乾了。算了吧，我決定放棄。反正也不是特別想喝酒，只是不想喝咖啡而已。

　　「如果不是佔領運動，我和利貝嘉就不致於這樣了吧？」

　　在回家的的士上，妻望着窗外，忽然說。我望向她。車子駛在曾經被佔領的大街上；兩旁的金飾店燈火通明，招牌上美女明星向我們親切地微笑。好像甚麼都沒發生過。

　　我沒有答腔。

　　「連她要移民了，我都不知道，」妻嘆了口氣，「三十年的朋友啊。」

　　那個晚上妻睡得很好——她一直背着我，而且非常安靜，安靜得我以為她在裝睡。我悄悄地下床，走到廚房，打開櫥櫃；一如我所料，家裏只有啤酒，室溫的。我想了一想，決定妥協。妥協是生活裏必須具備的能力。

◆

　　妻和利貝嘉是多年的朋友了。她們是中學同學。大家都說她們很相像。的確，驟眼看去，妻和利貝嘉是同一類的外形；然而利貝

嘉更高佻一點，臉小一點，腿長一點。這些「一點」加起來，畢竟讓妻和利貝嘉又很有些不同了。她們是要好的朋友，好到穿一模一樣的民族風布鞋。喜歡張國榮。寫信給對方。一直到分道揚鑣，她們從不齟齬。

不，不是因為佔領運動。不是的。

◆

我和妻結婚的時候，利貝嘉已經離過婚了。那一年的初夏，妻打電話給利貝嘉，發現利貝嘉已從北京回到香港，這才知道她離婚的事。電話掛線後，妻向我描述利貝嘉的婚禮場面有多盛大：一式的伴嫁團禮服，五星級酒店禮堂，筵開三十席。妻一邊回憶（她也是伴嫁團成員），我一邊陪笑；相比之下，我們的婚禮簡單得多，只在註冊處辦手續，晚上兩家人吃晚飯。妻也贊同一切從簡，還說辦豪華婚禮太花精力。可是當時我還是在她的話裏聽到羨慕和感嘆。

「不過是兩年前的事，」當時的妻感嘆道，「竟然又離婚了。」

妻的口吻，彷彿可惜的是那個婚禮，而不是那段婚姻。事實上，利貝嘉才結過一次婚。妻說「又離婚」，是因為利貝嘉在婚前

已有過許多段戀情，每次（包括這一次）都以女方另結新歡告終。我以為妻已經習慣了。

我們結婚的那天，來的人比預料的多——原來我和妻的人緣比想像好。尤其是妻，她在民間團體的伙伴全都打扮整齊地來了。這伙人平時都是T恤牛仔褲，今天竟然打領帶穿裙子，我真替妻感到高興。是到了後來，我翻看婚禮當日的照片，才發覺沒有利貝嘉的份兒。

「怎麼，利貝嘉沒來？」我問。

「嗯。後來我沒再邀請她了。」妻說着，一面在處理文件。我瞄了一眼，是露宿者輪候公屋的個案。

「她剛回到香港，忙着找新工作，我不想打擾她。」妻說。

「沒辦法，她就是這樣的個性，甚麼都想試試看。這麼多年的老朋友我還不知道嗎？」妻又說。

那個晚上，妻獨自吃了一公升草莓雪糕。

◆

利貝嘉的第一個男友是大學一年級時打暑期工認識的。唱片封套設計師。據說之前跟某個新晉歌手傳過緋聞。利貝嘉跟母親說在宿舍溫習，其實是與男友到澳門玩。這些都是利貝嘉自己告訴妻

的。妻當時與利貝嘉在同一家大學的不同學系。妻讀的學系百分之八十是女孩子。

「那麼，他們到澳門過夜了？」我問。

「誰知道。」妻聳聳肩，一口氣吃光一碟炸薯條。我和妻都是屋邨學生，只能在這些小事上豪氣。

「不過，利貝嘉不會怎麼樣的。」妻把最後一條薯條放進口中，忽然說。

「甚麼怎麼樣？」

「就是不會怎麼樣啦。」妻不耐煩起來，大口大口地啜紅豆冰。利貝嘉已經是成年人，跟男朋友過不過夜也沒甚麼「怎麼樣」或「不怎麼樣」吧。這是我當時的想法，然而沒有說出口。

當利貝嘉甩掉一個又一個的男朋友時，妻正忙於組織學系義工活動。妻說，公義不是口講的，要在生活中用行動證明。她又說，知識分子有責任回饋社會。我沒法證實這些話有何錯誤；於是妻每逢假日晚上便與幾個志同道合的同學往露宿者聚居之處探訪。有時我會替她搬飯盒——用發泡膠盒裝好，一箱三十個飯盒。搬好了，我走到一旁，看着他們分發食物，向露宿者問候。我一面對妻的能力深感佩服，一邊想着派飯活動結束後往哪裏宵夜。糖水店的霓虹燈招牌在我頭上閃紅閃綠。我看着遠處興致高昂的妻，忽然感到相

當疲累。

妻畢業後順理成章地加入民間組織，而利貝嘉的工作換了一份又一份：活動統籌、推銷、公關……不得不說，在感情上和工作上，利貝嘉的待遇愈來愈好。她是進取的，轉工時把自己關在家裏做功課，按不同機構企業的要求，打好一份又一份的履歷表、求職信。

「這是她的本事。」我在妻的奶茶中添一小勺糖，「她一向本事。」

「光站着那裏跟人說話就是工作啊。」妻咕嚕着，笑道，「一整天下來做過甚麼呢？」

這次我沒有笑，也沒有作聲。妻很快便轉話題了。

妻也許忘記了：類似的話，她在中六那年已說過了。那年校慶晚會，班主任選了利貝嘉負責對外宣傳和司儀，妻負責統籌。我覺得班主任實在了解她們的特長，而她們一裏一外也相當合拍。晚會前一晚，大家在學校禮堂作最後的準備。利貝嘉側身坐在餐椅上，下巴抵着椅背，一頭長髮垂下來。她用齊了抑揚頓挫四種腔調，把開場時的講稿讀一遍，然後望着坐在地上的眾人，等候大家的評語。沒有人作聲，因為實在沒甚麼可挑剔的。然而妻說：「結語的部分，其實可以寫得更有情感。」

　　我還記得利貝嘉當時的神情：她坐直了身子，微微一笑，彷彿早就預料到這話。

　　「是嗎？」利貝嘉說着，咳嗽了一聲。

　　「還可以更好。」妻只托一托眼鏡，從利貝嘉手上接過文稿，拿起筆來修改。

　　晚會當日，利貝嘉穿了一條小黑裙，高跟鞋，戴上妻借給她的、自己從未戴過的黑色小圓帽和水鑽頸鍊，理所當然地成為台上的焦點──台下是她親自打了近百個電話甚至上門邀請而來的嘉賓：校董、校長夫婦、辦學團體代表、區議員，還有其他學校的老師和學生會成員等。晚會結束後，大家的情緒依然高漲，嚷着要出旺角吃甜品。這一次，妻罕有地沒有同行。她說她睏了。

　　「一起來吧，」利貝嘉拉着妻的手臂，撒嬌似地，「別掃興嘛。」

　　「真的不去了。」妻把雙手插進大衣衣袋裏，抱歉地微笑，「你們去，把我的那份也吃了吧！」

　　於是利貝嘉在眾人的簇擁下走進地鐵站。我清楚看到，走進地底前，利貝嘉回頭看了一眼。然而，那時妻已經走遠了。

◆

大學畢業不久，利貝嘉就搬出來住了，市中心邊緣的一個小小單位。搬家那天，妻、我和利貝嘉當時的男友都來幫忙；那天晚上利貝嘉在新居的廚房給我們煮蝦子麵，開了鮑魚罐頭和紅酒，算是答謝。

　　「謝謝你們幫忙。」這句話是利貝嘉的男友說的。他的名字叫傑。

　　「你婆媽甚麼？」利貝嘉笑道，「我們的交情容不下你插嘴。」

　　大家都笑了。

　　「嗯，」傑只好點頭表示同意，「聽利貝嘉說，你在民間團體工作？」

　　「是的。」妻呷了一口紅酒。

　　「她一向喜歡幫助別人。」利貝嘉笑說，「最擅長照顧弱者。」

　　我看了利貝嘉一眼；她滿臉笑容，似乎沒有嘲弄的意思。

　　「我是受薪的，」妻笑着解釋，「所以不能說是『幫助』。」

　　「慈善團體？」傑又問。

「是壓力團體。」妻說，「慈善工作我們也做，但還會向政府施壓，爭取政策改善。」

「啊。」傑點點頭，望向利貝嘉。利貝嘉咬了一口鮑魚，笑着說：

「其實我不知道她在幹甚麼。」

我瞄了妻一眼。她的臉色不怎麼好。可能酒喝多了。

一如過往，不出半年利貝嘉就和傑分手了。那時我就應該想到，利貝嘉和妻遲早步上後塵——即使沒有佔領運動。只是我們都不願去想。

◆

那一年的佔領運動像普羅米修斯偷來的火種，把我城的真實照得通透清明；原來我們的腳下就是萬丈深淵，而我們一直走在懸崖邊上，在那裏歌舞昇平；我們每一個人，在火種前走過，都被照出一個最長最暗的影子，拉扯着、延伸着，一直到懸崖下的最深處，那裏有良知、虛無與計算；衝動與恐懼、抉擇與審判。那段日子妻和她身邊的人熱情而茫然，像雷電下奔走於草原的馬，冰冷而激烈的雨水打在血液翻騰的肉身上，而籠牢在背後一直吸引着他們回去。妻忙得不可開交：每天讀報、看新聞、拍枱評論，周末和同事到佔領區支援，送物資，好幾個晚上在那裏過夜。對於妻的選擇我

一點也不訝異；她說這是她（和我）這一代人虧欠了年輕人的，我也認同。於是，當妻在社交網站上讀到利貝嘉的言論時，就大吃一驚了。

「我以為她就算不支持，至少也能理解。」妻說，「怎麼會……」

「每個人的想法都不一樣。」我試着安慰，但又覺得自己所講的沒甚麼具體意思。妻好像忘記了，當年搬家那個晚上，利貝嘉的那句話。而事實是她們在佔領發生之前已有一段時間沒聯絡。

「我們這一代人，骨子裏仍然是殖民精英主義者，」妻的手捏着啤酒罐，幾乎將之捏碎，「若靠我們能改變這個社會，學生就不用押上自己的前途了。」

這種言論一向是妻的日常用語。「你會跟她討論嗎？」我試探着問。

「我不想跟她爭辯。」妻搖搖頭，把酒往嘴巴裏灌，「畢竟朋友一場。」

我相信妻這話是真心的。她和利貝嘉從來沒有爭辯過；所以最後只能各行各路。

利貝嘉移民的消息，是傑告訴我們的。十月底的周末我們在佔

領區的物資站遇上；傑捧着兩箱礦泉水；他那短髮、披着格子披肩的新婚妻子，拿着好幾袋乾糧、口罩和保鮮紙。傑看見我們，顯得很高興，大家就站在帳篷前聊起來。傑的妻子是個護士，一直站在傑的身旁微笑。利貝嘉移民的消息，就是傑告訴我們的。

「利貝嘉要走了。」傑托一托眼鏡，「你知道嗎？」

「哦⋯⋯」妻的反應比我想像中冷靜。

「她跟未婚夫到新加坡。」傑說，「下個月尾。」

「嗯。」這是妻的回應。

「說是開一家人才培訓公司。」

妻保持微笑，在傑的妻子的手上接過物資，遞給負責分配的義工。

「挺適合她的。」妻終於說。

那天晚上妻異常地沉默；和傑分開後，她在佔領區走了好幾圈，我在後面幾乎跟不上。兩旁的人在聊天、靜坐、閱讀、爭辯。妻飛快地掠過他們，像要穿過時光的隧道，回到過去的某一處。

我站在當地，任由她遠去。

利貝嘉離港前的一天，佔領區清場。妻在電視旁，看着被逐個

抬走的人，默默地流淚。

◆

室溫的啤酒其實並沒有想像中難喝，我想。就在只剩最後一口時，妻出乎我意料披着外衣從睡房走出來，坐在我身邊。

我把啤酒罐遞給妻。妻接過，沒有喝。屋內沒有燈；我靠着窗外的燈光，看見妻的短髮的剪影；髮梢安靜地在夜色中低垂，如同一雙雙冬眠的飛不起的翅膀。

「其實利貝嘉是對的。」妻抬起頭，小聲地，「她比較快樂。」

妻背着光，我看不見她的表情。

「誰知道呢？」我鼓起勇氣，握住她的手，「路是自己揀的。」

妻轉過頭來，看着我，默然一刻，然後嘆息。黑暗中，我但願那是釋然的微笑。

拘捕

只有在這樣接近的距離，褚才看清楚沈深刻的雙眼皮。這個突如其來的發現，讓褚的腦袋閃過一道空白；待醒來時，他已跨過一道光陰的溝壑，回不去了。

回不去了。

或許是因為燈光的緣故吧。以往在課室是看不到的。那個課室就是普通的課室，令所有學生都變成普通的學生。況且沈一向安靜，混在人群中。褚從來不覺得他有何突出之處：沈算不上精英也不是頑劣，就是靜靜的坐在那裏。冬天的時候，用黑色的圍巾包着自己，讓人看不清他的臉。

一定是燈光。課室的燈光太耀眼了，把所有人都照得慘白。

陰暗的天色中還有其他等待着被捕的人。年輕人居多，也有些跟褚差不多年紀的，大家都坐在水泥馬路上。褚彷彿認得前方兩個是集會常客，他們旁邊穿着綠色大衣的是立法會議員。人群外圍是把守的警察，築成一堵一堵的牆，像磚頭砌成的圍城。整個金鐘除了偶爾的低聲交談和咳嗽外，竟是安靜的。

　　褚聞到沈的身上傳來淡淡的催淚彈煙硝味。

　　這天早上，妻子已經上班了。褚在家中看到新聞，決定到現場走走。這是褚第一次到佔領區，雖然之前也在新聞中看過畫面，但在天橋上看見黑壓壓的人頭、鋪滿路面的幡旗、整齊排列的帳幕……一切還是叫褚感到訝異。大概還有幾個小時，這些事、這些人、這種決心和意志便要被清空了；作為一個哲學家——或者，準確點說，作為一個研究哲學的學者，褚覺得自己有責任身處其中了解。他盤算了一下：時值學期之間的空檔，家中要照顧的也只有一盆鐵樹。至於妻，她比他更懂得自理。這一點褚不得不承認。

　　於是褚給妻打了一通電話，告訴她他的決定。妻在電話那頭沉默了一會，對褚的決定彷彿早有預備。然後妻說：「你把那件厚身風衣穿上了嗎？」褚回答穿上了。妻又說：「蓮達的電話你有嗎？」這個褚想不起來了。「我轉頭傳給你。」妻說。蓮達是夫婦二人的大學同學，如今是大律師。

　　不遠處某個位置防守鬆懈些。褚下了天橋，站在兩個警察的後面。旁邊還站着一個年輕人，三十歲左右，頭梳得企理，穿着質料良好的西裝。他大概看穿了褚的意圖，向着褚一笑，側身讓他站好。褚點點頭，然後發現腳邊本來是馬路的地方栽了一株虎尾蘭。褚的心裏升起一陣衝動，想找個膠水瓶把虎尾蘭救回去。然而他自己也即將成為被捕者了，又有甚麼能力帶着蘭草離開呢？

　　有些人在貼滿告示貼的牆前合照，微笑着。

　　褚看見人群中有個空位，便趁警察低頭交談時，若無其事地走進去。等到警察抬起頭時，他已扎進人堆中。隱沒是褚最擅長的。

　　然後褚發現身旁的是沈，存在主義班上的學生。

　　沈看見褚，似有還無地頷首，然後淡淡一笑。他也認得自己？又或者只是禮節上的招呼。畢竟大家都是因為同一個原因來到這裏。

　　師生二人並肩坐在佔領區的馬路上。對褚來說，沈是他唯一認識的人。前方的人群開始騷動；警察的防線逼到這邊來了。前排的人開始被帶走。一線陽光從密雲的罅隙中閃動，然而很快便又消失了。這是一個低壓的下午。

◆

「想不到在這裏見到你。」沈忽然開口，低低的聲音裏有笑意。

其實褚也沒想過自己會在這裏。

「你不是第一次來？」褚問。

「第三次。」沈答。仍然沒有望向褚。褚也沒有望向他。他們之間的交談像各自對着空氣講話，是人群中的私語。

「所以成績不好。」沈擦一擦鼻，笑了。於是褚確認他認得自己。

「C+也不壞。」褚驚訝自己仍記得他的評分，「只是出席率低些。是因為佔領的關係嗎？」

「大概是吧，忘記了。」沈答。褚的沉默於他不過是慣常的回應；他大概不知道，此刻所有的回憶忽然湧進褚的腦海中，如被囚日久而終於逃脫的狗，狂奔在來時路上，追索着主人的氣味。是許久以前的冬天，早上八時半的課，淡薄的陽光滲進課室，只有光，沒甚麼溫度。課室中人影疏落，如同窗外伶仃的枯枝。褚獨自坐在最後排，彷彿要隱藏自己，又彷彿等待誰人發現。存在主義是嚴肅的，是注定不受歡迎的；褚選讀了這一科，也便把存在主義視作自己的宿命，在課室裏不苟言笑——俞坐在另一邊的窗下，老是背着光。窗外是鳳凰木。如今褚懷疑，自己到底錯過了多少次春暖花開。

眼前的人陸續站起來，自行舉手，讓警察帶走。有些人喊起口號。有些人沉默如羔羊。

「其實一開始就沒有策略吧？你們。」褚低着頭，從胸腔中擠出這句話。他知道自己明知故問；他知道自己的犬儒與拘泥。褚看着沈擱在膝蓋上的一雙手，手背的皮膚粗糙；甲邊也積着些污垢，這樣的手比手的主人滄桑得多了。

「這樣做，是不是太衝動了？」褚突然冷靜起來。對一個哲學學者來說，感傷的情緒是被研究的對象，不是主宰。

「是嗎？」沈答。

四周的空氣本來就有點悶——不算冷的十二月，擠滿了人。然而沈的回答像一陣冰涼的嘲弄，滲進四周混雜着體味與汗味的空氣中。

褚裝成若無其事，抬起頭來。其他人依舊在原地沉默。有的人在閉目養神。也有人繼續聊天。沒有人注意褚。

「或許在你眼中，我們這些人都是過了時的。」褚讓自己保持平靜，「但社會運動不能脫離群眾。」

「群眾必須作出他自己的選擇。」沈答，「沙特不是說過，『他人是自己的地獄』嗎？我只能作自己認為對的事。」

這個答案褚是熟悉的。二十年前他已經聽過。

「『身不由己』這回事是不存在的。」沈又說，「每個人，每分每秒，都在選擇自己的路。」

說畢，他轉過臉來，看着褚。褚知道自己的沉默引起他的不安；褚知道這一招對好辯者來說有多管用，因為他自己也曾是一個好辯者。

警察又帶走了一批，其中一個女人在靜悄而激烈地哭。她的雙手已被左右兩邊捉着，沒法擦眼淚。褚見到她涕淚縱橫的側臉在抽搐。警察按例沒甚麼表情。

沉默的時間足夠了。

「理想離不開現實的土壤，」褚說，「但同時現實的土壤是貧瘠的。你能選擇的，只是耕耘與否。」

「這又是誰說的？」沈問。

「我。」褚答，用平靜掩飾自滿，「我們不必被沙特設限，也不必被理想設限。」

沈馬上像一個洩氣的氣球了。褚對於自己在二十年後能給出這個答案感到老懷安慰。

忽然有人擠到二人面前。

「不好意思，」男人說，「我想上廁所。」

褚與沈分開了一點；於是男人從中間擠過去。他們都知道，離開了人群，警察就不會容許人再進來。不到忍無可忍，沒有人願意離開。然而生理需要是不可抗拒無法否定的。最偉大的哲學家也得服從上廁所的需要。褚心裏為這個男人感到十分惋惜。

「吃飯，拉屎，沒有人能避免。這就是我們跟其他人的共通點。」褚借題發揮，「在這些事上，沒有人能選擇。同樣，恐懼、膽怯，也是人性的一部分。沒有誰能自外於群眾。」

「上一次，我在警察總部待了二十個小時。」沈忽然說，「拘留室只有一個沒有門的廁所，就這麼一個洞。我拼命忍着，忍得膀胱也快爆了。」

褚心裏難過；他們不過是二十出頭的少年，為甚麼要受這樣的對待？

「終於，我出來了。離開拘留室，辦好手續，我才說要上廁所。那個警察讓我到大堂的廁所。那個廁所光猛、闊落，最重要的是有門。那一刻我覺得自己終於回復一個人的身份了。」

褚等待沈的結論。

「所以，即使是生理需要，我們還是有選擇如何解決的權

利。」沈說。

「我同意你的觀點。」褚馬上回應，「因此，我們也有讓他人選擇的義務。」

「如果所謂的『他人』並不想選擇呢？」沈提出問題，「或者，他們根本不知道自己可以選擇？」

「這樣的事是常有的。」褚說，「魯迅早就說了。然而魯迅並沒有放棄群眾。」

魯迅放棄的是自己，褚心裏想。

「魯迅？」沈顯然對文學話題不感興趣，「自己的命運只能自己主宰。我們不想陪葬。」

「陪葬？」

「你們繼續上班供樓，和平理性吧，我們，至少我，不想走這條路。」沈看着自己的手。

褚沒法反駁他的話──他想起自己在殖民政府中當公務員的父親。當年自己是怎樣和父親激辯啊。那一個夜晚他離家到學生會的辦公室過夜，開門卻見到俞也在。他抬起頭，看褚一眼，便又埋首書中。褚裝作若無其事，一邊把地蓆拉出來，一邊瞄瞄俞手裏的書。是魯迅的《野草》。

「魯迅？」褚不禁問。那是文學，不是哲學。

「是啊，魯迅。」俞放下書，「魯迅是尼采的知音。」

褚從沒看過魯迅，也沒有試過跟俞獨處，於是決定不搭腔；況且已經是深夜二時，他也確實睏了。睡意如濃霧般向他圍過來；然而，他還是用學生會的電話給當時的女朋友——現在的妻——交代行蹤。

「就你一個人嗎？」她問。褚忽然心虛起來。

「是的。」褚答。他不知道自己為甚麼要說謊。

「鎖好門，那門鎖不太穩當。」她說。她一向小心謹慎，行事可靠。

褚掛線後，便擁着外套躺下。之後，褚回想起這一夜，都記得自己是多麼的渴睡——有生以來從未這樣睏過，剎那間便掉進了睡眠的黑洞中，連夢都沒有。醒來時天已大亮，而俞已經不在了。褚揉一揉眼睛，懷疑自己昨晚跟他的交談是個夢。然後，褚看見枕邊有一本紫紅色封面的《野草》。

那夜我真的熟睡如死？還是發生過甚麼事我卻想不起來？一陣洗髮水的香味忽然充滿褚的胸口；這個問題褚疑惑了二十年。

一陣「踢踢躂躂」的聲音傳來，像急速的電報。是警察的皮

鞋，黑色硬革造成的，是動物的屍皮。他們踏着這種鞋快速圍成一圈，把人群重重包圍。之後廣播忽然從天而降：由現在開始，任何人不得離開。

不知是誰在人群裏發出「噓」一聲，沒有人回應。大家都異常地靜默。結局早已預知，沒甚麼可爭議的；然而那沉默像一個不斷膨脹的氣球。四周的空氣密度愈來愈高，褚必須說點甚麼去打破那種壓力。

「你說得對。」褚對沈說，「成年人不可信。」

沈大概沒想過褚認同自己的話，一時不知怎樣回答。他當然更不知道褚只是拾人牙慧。

「成年人不可信。他們都是既得利益者。」俞說。那是上個世紀末的夏天。學生會已經下莊，大家各散東西。褚獨自在泳池邊喝啤酒。那個黃昏的晚霞是紫色的，對面山上的小白屋隨着海港的暮色，逐點逐點地灰暗着、模糊着，像水墨畫上不小心滴上的水，在眼睛裏暈開。夜色從四方八面滲透過來；褚打算讓自己湮沒其中。然而，俞在泳池裏游泳，赤裸的手臂不斷在褚眼前划過。他已經游了快一小時了，除了偶爾停下來抹一下潛水鏡外，都是一個塘接一個塘地游着。他的體能真好啊，只有體能好的人才有資格讓自己筋疲力盡。褚打從心底裏佩服。

　　小屋終於完全隱沒在夜晚中，而俞也終於濕漉漉地爬上來了。泳池邊的白燈把水面照得通明，俞的身體卻比燈光更白。褚之前沒想過衣服下的俞是甚麼樣子的，更沒想過俞會這樣近乎赤裸地，帶着熾熱的汗靠近。夕陽的餘溫已經散去，褚短袖衣下的皮膚忽然繃緊。

　　俞終於坐到褚的旁邊，把長椅上的汗衫套上。動作時髮梢上的水珠濺到褚的面上與肩上。褚緊緊握着手中的啤酒罐。

　　「他們說，你會離開香港。」褚呷了一口啤酒，說。那聲音聽起來乾燥而扁平。

　　「我還沒有決定。」

　　「為甚麼……要走呢？」褚試着問。他們的目光仍是平行望向黑暗中光亮的水面。

　　「我們遲早要踏進社會。」俞拿過褚手中的罐，湊到自己的唇邊喝起來，「在那以前，我想多看看這個世界。」

　　「是的。」褚對於俞的行為和他的話無法產生異議。

　　「趁還年輕，做點自己喜歡的事。」

　　褚感到俞的目光如同潮水般沐浴自己。

　　「你這話就不年輕了。沒有年輕人說自己年輕的。」褚勉強笑

道。面對熱情，他一向不知所措。褚把身體悄悄往後挪了一下。這樣他可以看到俞的側面而不被發現。只有在這般接近的距離，褚才看清楚俞深刻的雙眼皮。這個突如其來的發現，讓褚明白一切已經太遲了。

「是嗎？……成年人都不可信。他們都是既得利益者。」俞又喝了一口啤酒，然後把罐遞給褚。

風吹過，帶着草木的腥氣，在二人裸露的手臂上徐徐拂過。褚知道俞在等待。

「希望我們將來是可信的成年人。」俞終於說，然後站起來離去。那是褚最後一次見到俞。

如果俞在香港，我會在這裏見到他嗎？褚驚訝地發現自己終於想到這一點。

警察來到這一排了。褚向後仰，望向天空。一隻鷹在上空滑翔，劃出一道圓滑的弧度。褚從沒發覺城市的鷹擁有這麼大、這麼長的一雙翅膀；這翅膀向左右兩邊伸展，好像拼命地要擁抱些甚麼。褚盯着那鷹，直至鷹消失在大廈的背後；而警察也站在褚的面前。帶頭的戴金絲眼鏡，後面站着兩個較年輕的，看上去像剛畢業，像當年的褚、當年的俞，或此刻的沈。

「我現在根據本地法例『非法集會』罪名拘捕你。」戴眼鏡的

警察說，「你是否願意自行站起來被捕？」

「是誰賦予你拘捕我的權力？」褚坐直了身子，問。

戴眼鏡的警察看着他，沒有作聲。後面兩個警察互相看了對方一眼。

「是我。」褚站起來，舉高雙手，「是我過往的沉默賦予你們這種權力。因此，現在我願意接受自己的行為所帶來的結果，被你們拘捕，以作為制裁。」

戴眼鏡的警察伸出手來，褚及時向後退了一步，轉身向沈伸出手。

「希望你成為一個可信的成年人。」褚跟沈握了手，「別像我。」

沈抬起頭，望着褚跟警察離去。褚走到車前，回過頭，看見沈的臉，在日光中閃亮如當年的池水。

周年誌

　　這一年來，亮改為乘巴士下班。地鐵實在太擠了，令人透不過氣；與陌生人挨肩貼背的感覺令他疲累。自從佔領運動結束後，亮就盡量讓自己獨處，除了無可避免的說明與交代以外，他已沒有多餘的精力與人應對，於是寧願在繁忙的彌敦道上等巴士。巴士站旁是一間豪華金飾店，門口站着一名年輕的女職員，穿着制服，手裏拿着氣球，送給路過遊客。亮每天都與她見面十分鐘。這日，女職員不見了。亮這才想起自己從來沒跟對方打過招呼。

　　巴士來了，亮中斷了胡思亂想，登車爬上上層；這個時分，通常能在車頭或樓梯口找到伶仃的座位。坐下來，在空調的車廂中與柔軟的坐墊上，亮的習慣是甚麼也不想。是的。亮的腦袋停止運作一段時間了。尤其是在上下班的車程中，他思考的大掣會自動關

掉。鄰座是個胖胖的婦人；在搖晃而涼快的車廂中，她安穩地睡着，頭也不搖一下。亮鬆了一口氣。許多時候，巴士座位旁邊的都是抱着手提電話不住抱怨的人：犯法是錯的，阻人搵食是不好的，包二奶是不應該的……怨言大概可歸納為這幾類，然而對方沒說完，亮往往已睡着了。車程中入睡是城市人的自動保護機制。

十月了，城市依舊熱成一個熔爐。從車窗看出去，路上行人都穿着夏裳，匆忙地走着。巴士停在一個商場旁邊，地舖關上鐵閘，閘門貼滿七彩貼紙，上書「旺舖招租」、「直通業主」等字眼，更顯得鐵閘油漆暗啞殘舊。亮曾經是這商場的常客。高中時期，他每星期都來逛這兒的二手唱片店；那時商場可熱鬧了，到處都是三三兩兩的學生，買唱片、明星閃卡、零食，甚至色情光碟。然而亮記得地庫二樓總有一間店是冷清的：看店的是一對中年夫婦；架上的唱片既不流行又不另類，反正就像那對夫婦的存在一樣尷尬。那男的很熱心地問亮要找甚麼；於是亮便隨便說了兩隊樂隊的名字。沒有。男的翻箱倒籠地找，又指着另一個角落的小櫃，叫那站着的婦人去看。於是她找來一張亮不大感興趣的唱片。

「看，還很新淨哦。」婦人把光碟拿出來，拿到亮的眼前。

亮唯唯否否，然後還是走了。

那是等候公開試放榜的暑假；當時，亮估計自己的成績不怎

麼樣，未必能考上大學，卻也不敢跟人說自己真正的想法：亮一直希望開一家麵包店——不是連鎖集團明亮雅致的那種，而是每一個公共屋邨都有，賣蛋撻菠蘿包雞尾包的那種。早上六點開門，黃昏六時多便準備關門，晚上不必應酬誰，肚子餓了便拿麵包吃，賣剩的分給邨內獨居的老人……亮喜歡吃麵包，喜歡空氣中有出爐麵包的香氣，更喜歡舊式收銀機抽屜彈出時「叮！」的一聲：清脆，透徹，俐落，既客觀又科學，一切根據可預計的秩序進行，叫人感到踏實。然而，幾個月後放榜，亮的成績卻比想像中好，夠得上本地一所名牌大學的冷門學科。

亮好像找不到不讀大學的理由，只好讀了。

巴士重新開動，拐過彎，迎來一排熟食檔攤，隔着玻璃窗都看到熱騰騰的蒸氣，下班的人潮往攤前推，好像池塘裏的錦鯉，一條條擠在橋下，等待橋上遊人的魚食。亮便想起大學時期的一個學長。那時亮還在唸大學二年級，跟這位學長談起他的博士論文。學長苦着臉說：「一點進度也沒有。我回家還得燒飯哪。」當時亮就稀奇：除非讀博士就可以吸風飲露，否則飯總得有人燒的吧？那時起，亮就知道自己不是讀博士的材料，雖然他的飯也不見得燒得好。上個月，在大學老師的葬禮上，亮又碰見這位學長，和學長的太太。學長的太太大概是個燒飯能手，因為學長胖了很多。然而人太多了，他們沒有機會打招呼。對面有一位女同學，亮認得她是和

自己同屆的；只是，多年不見了，他也喊不出她的名字。他只是看到她手上戴着一隻閃亮的指環，以她的年齡來說，似乎誇張了一點。各式鮮花堆滿了靈堂；後到的花牌遮着先來的；老師生前是公認的好老師，退休後卻得了惡疾⋯⋯亮想起那時寫畢業論文：當他已準備妥當，想把手中的資料和心中的意念轉化成文字時，卻忽然發現自己一個字也寫不出來。這種情況持續了一整個上學期，其他同學已完成初稿了，亮還對着電腦屏幕發呆；他記得那種白光非常刺眼。於是亮跟老師坦白說：讀大學並不是自己的理想。老師微微一笑：讀大學與否，並不會成為實踐理想的妨礙。亮現在覺得老師的話很有道理。

殯儀館的冷氣很大，似乎把花香和記憶都凝固了。

街上的人像時間一樣，在巴士的外面滔滔地流過；熟食檔遠去了，換上無味的商業大廈。亮從背包中把書拿出來。已經看了幾個月了，薄薄的一本書，總是沒法看完。他翻開書，竟忘記了上次看到哪一頁。於是亮又很無味地把書合上，放在膝上。去年看書倒勤快，一本又一本的社會學歷史書硬啃，讀着時覺得有理，過後卻說不出甚麼，當時心裏總想着甚麼時候再讀一遍，好好地做筆記；當時日間上班晚上返佔領區，也不覺得累。亮打了一個無聲的呵欠。

會不會我從頭到尾，根本就不知道那位女同學的名字呢？亮

想。亮在大學的時候，人緣不是很好。然而，現在他倒是頗受學生歡迎的。他知道適當的時候要開開玩笑，搞搞氣氛。幾個相熟的同事之間也有電話信息群組，講講主任與學生的壞話。與學生相處和與同事相處是相同的道理，客氣就好；況且這班同事算是能互相幫忙照應的了；於是，在飯桌上，大家月旦時事，評論嘲弄，亮和另一個同事也不說甚麼——他們在佔領區碰過面，彼此心照不宣，在學校也不提起。上個月，這位同事辭職了，說是參加了工作假期，往澳洲一年。

「會留在那邊嗎？」亮問。

「不知道。」他用咖啡勺攪拌杯中的即溶咖啡；二人在茶水間站着說話，「沒想得太長遠，只是想離開這裏，到外面走走。」

亮沒作聲。

「那盆虎尾蘭，可否麻煩你代為打理？」他客氣地笑了一下，「在金鐘時，有人給我的。我一直養着，直到現在。」

於是虎尾蘭到了亮的家裏。那日母親打掃家裏，問他怎麼種起花草來了，亮隨口說是這草風水好。母親便不再問了。

這條馬路永遠在修補。交通燈不住在交替轉換顏色，然而它所站立的位置依舊是那一點。轉彎了；進入了住宅區，眼前是一個個中小型的花圃。幾株矮小的植物佇立着，葉子總是滋潤地翠綠着。

亮總懷疑那是假的——不是說那植物是假的，而是這個城市是假的。亮搖搖晃晃地站起來，準備下車。鄰座的婦人並沒有醒過來，依舊睡得死死的。他小心地扶着座位上的扶把，搖搖欲墜地在走廊上步行，像走在空白的電腦屏幕上，下面是深不見底的山谷。婦人發出鼻鼾聲，像和尚誦經。整個城市是個盛大的葬禮，亮感到自己也有一部分隨着這吟誦的聲音而死去。

　　下車後，距離屋邨邨口還有一段短短的路。亮把手機拿出來，關掉，在到家之前，在夕陽下路旁花圃前的長椅上坐着。欄杆上綁上各式各樣的橫額，區議會的、商家賣廣告的，亮一個字也看不進去。十月，天熱，樹葉卻忠誠地、頑固地跟從季節的步伐，悄無聲息地枯萎。汽車駛過，捲起灌木叢中的一片；它順着氣流，撞向公園外圍的鐵絲網，卻撞不進去，也撞不出一點聲音；它就這樣掉在地上死去了。

打死一頭野豬

　　我依然記得阿稔的眼睛。她眨一眨眼，便讓我想起晚上公園的天空。晚上的公園，空氣有點濕潤；抬頭望向天空，四周的聲音忽然變得好遠好遠。

　　所以我記得阿稔的眼睛。

　　記憶中，阿稔看着我的時候，總是微微地笑着。她長得比我高，坐在課室後排角落的位置。每次我轉過頭去看她，她總是心不在焉地看着窗外。我只看到她的側臉。阿稔每天都束着一條很粗的辮子，烏亮地，高高地掛在腦後。

　　「羅志峰！」

　　我匆匆回過頭來，看見鄭老師拿着粉筆，用力地點在黑板的一

堆筆畫上。

「羅志峰！這個是甚麼字？」

我搔一搔頭。全班一起大笑起來——我不過是搔一搔頭罷了。

「上課要留心一點！」鄭老師的粉筆重重地點着，粉末都掉下來了。每一個老師的指頭都是白濛濛的。我坐在前排看得很清楚——有機會要告訴阿稔。

◆

春夏之交的操場總是泛起一種奇異的氣氛；那是幾百個六歲至十二歲兒童一起發出的汗味與體味，混和了濃郁的花草腥甜，夾雜着我從來沒有適應過的尖叫、大笑與追逐。很多手臂和小腿在我眼前搖晃；一切像從四方八面衝向我，然後又穿過我的身體，在我身後消失。

我站在一角，低頭捏着長袖線衫的衣袖。袖口的邊已經磨出毛毛了，顏色也由原來的白色變成了灰色。一整個學年我都穿着它。學校只准穿白色的。我沒有多餘的外套。

「羅志峰！」

我嚇了一跳，抬起頭來。

「你今次默書拿甚麼分數呀？」

我還沒來得及反應，笑聲已「**轟**」地爆了起來。

「白痴仔，白痴仔……」

我轉身走進有蓋操場，遠遠看見阿稔坐在操場盡頭的長椅上。她的背後是一個大壁報板，貼上許多黏滿金銀粉的復活蛋、皺紙做的黃色小雞、玻璃紙做的小白兔……雞蛋上有些筆畫，各自向不同的方向伸展，像一條條想飛上天空、卻只在地上匍匐的小蟲。

我想那本來是一些字吧——我知道是字。可是我讀不懂，儘管我知道，那裏寫上的是「復活節」。我聽同學讀過。

我放棄了。在壁報前的阿稔把雙手整齊地放在膝蓋上；長長的白色衣袖把她整個胳臂都蓋着了，只露出一雙深啡色的手。她的手掌很小，比我的還小，可是手指卻很長。王老師說過，手指長的人很適合彈鋼琴。

「啦啦啦……啦……」王老師的手指在琴鍵上跳着、跳着，然後我們就跟着搖晃起來了。我沒見過阿稔彈琴，也沒聽過她唱歌。她也很少講話，她說，她講我們的話，講得不好。

同學的笑聲在身後繼續響亮。我想走近阿稔，走近她的安靜。可是那一堆糾纏在一起的衣裳彷彿把整個的她包起來，把她與外面的世界隔開。阿稔的眼睛看着同學奔跑的身影，快速地眨動。

上課的鐘聲響起。同學們都四散了。阿稔依然坐在原來的地方，看着我，淡淡地笑起來，像一個母親看着她無知稚氣的兒子——雖然我們同齡。

於是我急於證實：我也有我的發現。我常常在想，哪一天帶阿稔到米仔蘭那裏去，看看鐵絲網的後面到底是甚麼地方。那幾盆米仔蘭在校園的盡頭，平時很少同學注意。花盆背後是鐵絲網，把山坡和學校隔開。然而，有一次，我無意中發現鐵絲網的底部有一道裂口，足夠讓一條大狗或一個小學生穿過去。裂口下的混凝土鬆開來了，長出野草，有幾棵含羞草，七彩的小花。

我曾經在路邊見過這些小花。媽媽說，那是臭屎花。我用力一吸，聞不到臭味。媽媽說的香，有時是臭的，例如腐乳、鹹魚、鹹蛋，我覺得很臭，她卻吃得津津有味。有時，媽媽在我的飯盒裏放上這些臭東西，我就分一點給阿稔，然後她也把她那些黃色的飯分了一點給我。我吃着，有點怪怪的味道，就像冬天的時候，媽媽從大衣櫃裏拿出來的大衣上的那種味道。我曾經以為媽媽們都愛吃怪味道的食物，不過，梁穎心、李家輝的飯盒，是雞腿豬扒伴着黑椒洋葱的香氣。我嗅着他們的香，吃自己的和阿稔的飯，似乎美味些。阿稔見我吃得香甜，便笑起來，好像媽媽看着我吃飯時那樣。頭巾把她的臉包得緊，那臉孔便像一個圓圓的餅。

放學後，我帶阿稔去看鐵絲網底下的含羞草和臭屎花。

阿稔抽起紗裙的尾，拿腳輕輕一碰，含羞草便緩緩地合起來了，像鄭老師教我們祈禱時，雙手合什那樣。阿稔笑了。拖鞋裏的腳趾像幾顆花生。

「還有這個，」我指着臭屎花，「很漂亮。」

「這個有毒的，」阿稔說，「我家鄉裏，有人養的一條小狗吃了這花的果子，死了。」

我連忙把手指縮開。

「碰一碰沒事啦，」阿稔又笑了，「別吃進肚子裏便成。」

說完，她蹲下來，伸手跟含羞草玩。我在她的後面，嗅到她的頭髮裏隱約一陣油膩的味道。

「這些，被踩爛了。」阿稔撥開前面的草，鐵絲網的裂口露出來了，後面的一排草果然是扁的，「你跑到裏面去嗎？」

「沒有。」我想說「我不敢」，可是最後還是簡單回答罷了。阿稔倒也沒有懷疑，只抬起頭，看着踩平了的草地的上方。那是一棵香蕉樹，結滿了青綠色的香蕉。

「可能是野豬，」午後的陽光照在阿稔的臉上，她皺起眉頭，「牠們喜歡把身子挨在樹上擦，把皮擦厚。」

「野豬？」我想起午餐肉罐上的那頭粉紅色小豬。

「不用怕，野豬不出來的。怕人。」阿稔把草撥好，重新把裂口掩起來。

「我們以後就到這裏玩吧。」我想逗阿稔開心，於是從口袋裏掏出半包炸麵，「哪，一起吃。」

我們倚在米仔蘭旁邊，有滋有味地吃起來了。每次，我只把三兩條麵碎放進口中，慢慢地咀嚼。可是，半包炸麵還是很快被我們吃光了，只餘油香鹹香留在嘴巴裏。

「我們明天再來。」我把身上的麵碎逐粒拾起，送到嘴裏，「我們湊錢，買一整包炸麵。」

「好啊。」阿稔站起來，「走吧，我要回去了。弟弟放學了。」

我跟着阿稔走。走了兩步，回頭一看，只見米仔蘭果然把秘密基地出入口擋住了，不容易發現。

「你要不要去？」阿稔忽然問，「去幼稚園接我弟弟。」

「好啊。」我連忙追上去。

「你教他說廣東話好嗎？他學不會。」一路上，阿稔問。

「好呀。」我想也不想便答應了，因為我想到阿稔的家中看看。

「你媽媽讓你來嗎？」

「這個……」我忘記了媽媽這一關。

「你媽媽讓你和我玩嗎？」阿稔又問。

我想起有一次，吃飯的時候，媽媽問我在學校有沒有朋友。我說是阿稔。

「多奇怪的名字呀。」

我沒有作聲。

「有沒有其他同學和你玩？成績好的那些。」

我沒有作聲。

媽媽也不作聲。之後，她又說：「那麼，你們就一起玩吧。」

然後媽媽便站起來，扭開電視看電視劇。不過，唱完主題曲時，她忽然嘆了口氣。有時阿稔也會發出這樣的嘆息。

「媽媽說，我們可以一起玩。」

「好啊。」阿稔開心地笑了。

◆

我們說好了，到阿稔的家做功課。翌日放學後，阿稔先到幼稚園接阿塔，然後往巴士站走。我沒問她往哪裏去，只是跟着她。到站後，乘客已在排隊上車了，阿稔一手拖着阿塔，一手召我往前跑，追上隊尾上車。

我們還沒坐好，巴士已經開了。阿稔抓着弟弟阿塔的手，搖搖晃晃地爬上樓梯。我跟在後面。司機在我們後面喃喃說話，似乎在咒罵誰。上層乘客不多，只有兩三個人。阿塔摔開了阿稔的手，跑到最後排的座位上，看被拋在車後的街景。

阿稔皺着眉頭，向着阿塔嘰哩咕嚕說了一堆話，阿塔沒有理她。我們坐下來，前面的太太回過頭來，看了我們一眼。大概是街景看膩了，阿塔又跑到車頭，抓着座椅的扶把，玩起單槓來。

「阿塔！」阿稔邊喝着邊站起來；巴士正要轉彎，阿稔站不穩，幾乎壓在我身上。

「對不起。」阿稔連忙坐下來，「氣死人，每次坐巴士都是這樣，司機根本不讓他上車。」

「我沒事。」我只好說。

阿塔還是若無其事地，在扶把上撐起身體，一排接一排地在車

廂的走廊中「行走」。太太們又朝他看。我的心「卜卜」地跳着；如果有一天，我能像阿塔那樣強壯，用手撐起自己來玩，那就好了——不過我媽準把我打個半死。

車愈走愈遠，風景愈來愈陌生。我有點害怕。

「我把鎖匙留在家裏了，」阿稔似乎看出我的不安，「現在，我們要先到我媽媽工作的地方，問她要鎖匙，才能回家。」

「哦……我以為你住得那麼遠呢。」我看出窗外，巴士轉入大街，完全離開我們住的地方了，「她在甚麼地方打工呢？」

「九龍。」阿稔說，「我上過去。很多老人坐在那裏。我媽替他們換尿布，餵他們吃東西。」

「像照顧小嬰兒一樣嗎？」

「唔……」阿稔想了一會，「又好像不太一樣……」

我想說些甚麼，但一時間想不出來。

「媽媽常說，如果我努力讀書，將來就不用像她那樣辛苦。」阿稔又說，「我想我辦不到。」

「其實……你聽得懂鄭老師上課時說的話嗎？」

阿稔搖搖頭，「不大懂。」

「那麼你有沒有問她？」

「我幾乎全本書都不懂呀，」阿稔把下巴抵在扶把上，「怎麼問呢？」

「那麼王老師呢？音樂堂的王老師。」

「那只是『唱歌』呀！」阿稔大聲地說。她本來就說不好，大聲時更加好像走了音似的，「阿塔！坐下！」

阿塔回過頭來看着她，終於在我們後面坐下來了。我感到自己剛才讓阿稔生氣了，便不敢作聲，望向窗外：巨型廣告牌在眼前排隊出現；我往前望，竟見到一張黑色大菜刀懸掛在半空，上面寫上些字，風吹過，菜刀搖晃起來，我不禁望向路上的行人。投注站前蹲滿了人，每個人的臉都被報紙掩着；旁邊的樓梯口站着一個穿睡衣的婦人，嘴巴像一個紅色大圈。一個老婆婆把手伸進垃圾桶裏找東西，她身後拖着一捆紙皮；兩個膚色跟阿稔一樣的男人在鐵欄後掘地，他們的頸後都纏上白色毛巾。一條癩皮狗在他們身後經過，拐彎消失。

我偷眼瞄向阿稔的手，發現男人的皮膚比阿稔的還要黑。

「你將來可以教阿塔講廣東話嗎？」阿稔忽然說。我馬上收回視線。她似乎忘記自己已問過同一個問題。

「你也能說呀。」我又答。

「我說得不好。」阿稔又開始不耐煩起來。

「好的好的。」我連忙答應她。阿稔終於不再作聲。我轉過頭去，看見阿塔用一種很不友善的眼光看着我。

◆

阿稔的媽媽工作的地方在一座大廈的三樓。大廈沒有電梯，我們只好爬樓梯上去。阿塔走得最快，早已跑到樓梯頂了。阿稔提起裙襬，走在我前面，露出磨蝕了的拖鞋跟與灰黑的腳踝。我別過臉去，只見阿塔自己推門進去；一陣尿羶味從門縫中飄出。

「你們找誰？」一個胖胖的婦人，捧着一個紅色膠盤，在門口走過，皺起眉頭。

「我⋯⋯我找⋯⋯」阿稔想了一會，「我媽媽在這裏打工。我找她。」

我瞥見阿塔走到一個坐輪椅的婆婆面前，把弄她身後的奶瓶。

「喂，細路！別動！」胖婦丟下阿稔，上前把阿塔的手一掌拍開。阿塔抬起頭看她，既不說話，也不哭。

「哪裏來的野孩子？走走走！」胖婦拉着阿塔的手，朝着我們

大步走過來。

這時阿稔忽然喊道：「媽媽！」

一個也是胖胖的、咖啡色的婦人，從屏風後走出來，咕嚕咕嚕地對阿稔說了幾句。然後婦人又用我們的話跟胖婦說：「我仔女。」

胖婦嘀咕了幾句，放開阿塔的手。阿稔的媽媽又嘰嘰喳喳說起話來。阿稔忽然也嘰嘰喳喳地答了；我看着阿稔跟她母親談話的神情，彷彿比平時長大了幾歲，變了一個大姐姐似的。

阿稔的媽媽放下手中的物事，一邊嘮叨着，一邊轉身離去。她的腦後是一個又大又圓的盤髻。她頭頂的吊扇搖晃着，發出「呼呼」聲。胖婦人站在不遠處的床前，床上躺着另一個人，頭髮跟面色一樣，灰白色的，分不清男女。我聽到胖婦人說：

「陳玉嬌，食飯啦。」

床上那個人往聲音的方向望，這時我才看到她混濁的眼睛，上面像蓋上一層薄膜。然後，她「嗚嗚」地叫了兩聲。胖婦人把一大樽看起來是奶的東西倒進床前的一個膠樽裏；膠樽的一端駁着一道膠喉，膠喉插進陳玉嬌的鼻孔裏。

「食飯啦，」胖婦人像在跟自己講話，「十問九不知，人老了

就是這樣啦。」

　　我看着白色的奶在膠喉裏不住往下流，流進老人的鼻孔裏去。忽然，一陣惡臭襲擊半空，我嚇得轉過頭去，只見阿塔站在圍板外另一張床的床尾；床上面躺了另一個灰白色的人，另一個藍衣褲婦人麻利地脫下他的褲子——連阿塔也掩着鼻。藍衣婦人卻沒被臭氣嚇倒，依然爽快地扭毛巾，替床上的人抹身，打開尿布，摺好，再穿上乾淨的褲，然後拿着沾了屎的褲離去。

　　床上的人也是「嗚嗚」叫了兩聲。這時我才發現，藍衣人戴着口罩，她的眼睛和阿稔的眼睛都是一樣的深一樣的大一樣的黑。她停下來，看我一眼，甚麼也沒說，便走開了。

　　後面又傳來阿稔媽媽的聲音。她把一串鎖匙交給阿稔，又伸手戳了阿塔的頭一下，便走開了。我們推門離去。一路上，阿稔沒作聲，我也沒跟她講話。我寧願沉默，讓阿稔那大姐姐的模樣，在我心裏多待一陣子。

◆

　　阿稔就住在學校後面的一幢大廈，沒電梯，樓梯沒燈。走到三樓，我已上氣不接下氣，阿稔在前面，頭也不回地向左轉，在一扇鐵閘前停下來，掏出鎖匙開門。阿塔搶先跑進去，把書包丟在外面。我站在門外，看着阿稔一邊嘮叨一邊把兩個書包拖進屋裏，伸

手開燈，放好鎖匙，脫鞋。她是慣了一個人帶着弟弟上課下課的。

阿塔伸出頭來，看看姐姐，又看看我，便躲進屋裏去了。

這時，我才踏進屋裏去。阿稔把窗簾拉開，窗外是另一幢大廈的外牆，我清楚看見那部冷氣機在滴水，牆身都長了啡黃的水漬。陽光中塵埃飛舞，空氣中散發着一種奇怪的味道；我想了一會，才想到是阿稔飯盒中的樟腦味。

阿稔轉過頭來：「飲水嗎？」我搖搖頭。於是阿稔自己走進廚房，倒了一杯水，汩汩地喝下去。她的身後是一張雙層床，床上放滿衣物；床前一張飯桌，桌面上一個餅乾罐、一個放着三兩個蘋果的紅色小膠碟。床頭一個架，上面都是些瓶瓶罐罐。也就是說，阿稔的家，跟我的沒兩樣。

「要飲水嗎？」阿稔又問。這次我點點頭。於是她又轉身往廚房裏去。

水喝過了，我們開始做功課，阿稔給我找來一張膠凳，她自己坐在床邊，阿塔爬上上層床，用被蓋着自己，不知在幹甚麼。這時，我看見牆壁上掛了一幅畫，起初我以為是卡通人物，再細心看，卻是一個跳舞的怪物，後腳站起，眼睛是人的眼睛，鼻子卻長長地伸出來，像一頭象。怪物的身上穿着又藍又金的衣服，背脊後長出幾雙手臂，各自向不同的方向伸展。大象背後是一幢金碧輝煌

的屋，三角形的屋頂，有點像圖書上的廟宇。

我有點心裏發毛，卻又捨不得移開視線，要看清楚這怪物到底是個甚麼傢伙。我不知道自己看着這幅畫有多久；忽然，我感到一道目光在盯着我；阿塔的被窩揭開了一點。我於是轉開視線，裝作看不見。然後，我又看見玻璃窗上貼了一幀照片，裏頭有四個人：阿稔，阿塔，阿稔的媽媽，還有一個男人。他們背後是一幢矮矮的平房。

「喂！」阿稔伸過手中的鉛筆，敲在我的課本上，「你得專心一點呀。」

我收拾心情，重新提起鉛筆，卻怎麼也看不懂課文。忽然，阿稔又用鉛筆敲在我的課本上。我這才發現自己竟在課本上畫起畫來了。

「你似乎比我還心散呢。」阿稔笑着，從座位上挨過來，「畫甚麼？」

我看着課本上亂七八糟的鉛筆痕，答不上來——我只是亂畫。

「你在畫那個樹林嗎？」阿稔走到我的旁邊，拿起橡皮擦，擦掉一些筆跡，又加上幾筆。我看着，果然也有點像鐵絲網後的那片山坡，那片草叢。

「其實，我家鄉就有這樣的地方。我家後面也有。」

「你家？」我問。

「我以前的家。我爸爸在樹林裏種上許多香蕉樹，我們常常有香蕉吃。」阿稔又畫上一棵樹，葉片大大的，「吃不完的，就炸成香蕉片，很甜。」

「香蕉可以炸來吃嗎？」我從來沒見過，「你爸爸爬到樹上摘香蕉？」

阿稔點點頭。我想到卡通片裏的猴子，不敢說出口，卻忍不住笑了。

「有甚麼好笑？」阿稔問。

「沒甚麼，」我連忙轉話題，「你爸爸呢？在哪裏？」

阿稔忽然收起笑容，「做功課吧。」

阿稔重新回到座位，密密麻麻地不知在抄寫些甚麼。我也只好低下頭來，裝成唸書的樣子。我揉揉眼睛，好像看見照片中的男人，走進草叢的樣子。

◆

第二天，小息的時候，我和阿稔稍稍離開人群——雖然一向沒

有人管我們，可是我們也不想引起注意。人聲隨着腳步淡出，彷彿被我們拋在地球的另一端。

　　我走到那幾盆米仔蘭面前，輕輕撥開枝葉，露出鐵絲網的裂口。我再看看四周，確定沒有人看見我們，便打算穿過去——然而我害怕起來了。

　　「怎麼了？」阿稔問。

　　「沒甚麼。」我小聲地說，生怕被二十米以外的人聽見。

　　「那就過去吧！不然老師看見了。」阿稔搶在我前面，鑽過裂口，直往叢林內去了。我也只好硬着頭皮穿過去。

　　「小心點！」我嘴裏說着，卻沒法抬頭。樹椏在我的頭上打橫伸出，我沒法站直。阿稔的腳踝在我眼前移動，發出「勒—勒—」聲響；樹枝在我們的腳下斷開。

　　我留心看着，盡量不踏在螞蟻上面。

　　「你看！」阿稔在前面叫喊起來。我抬起頭，被樹枝刮了一下，卻同時見到幾棵樹之外一個黑影掠過。

　　「鬼啊！」我嚇得大叫。

　　「別吵！」阿稔掩着我的嘴巴，「現在是日頭，哪裏來的鬼？」

　　我知道阿稔的話是對的，然而我快透不過氣了。阿稔鬆開手，繼續往前走。

　　「你別去呀！」我站在原地。

　　「怕甚麼？」阿稔頭也不回，「也許只是一頭野貓。」

　　阿稔的話也有道理。可是想着想着，又覺得貓的身形沒那麼大。我看着四周，叢林後面還有許多我們走不進的地方。

　　「又或者，是野狗野豬。」阿稔忽然變成一個專家，「我們怕牠，其實牠更怕我們。」

　　「是嗎？」我問。其實我搭不上話。

　　「嗯。」阿稔忽然停下腳步，回頭細看，「再往前走一會兒要回去了，小息快完了。」

　　「可是，阿稔，」我指着不遠處，「你看那邊。」

　　阿稔向着我所指的方向望去。那是一片小小的空地，地上沒落葉雜草，反而鋪了一塊又破又黑的毛毯。另一邊是幾個膠袋。風吹過，傳來一陣異味，像是糞便的氣味。

　　阿稔走過去。

　　「不是說小息快完了嗎？我們走吧？」我想過去又不敢，便催

阿稔離開。

阿稔在膠袋前蹲下來，看着一團黑色的東西。我遠遠望過去，該是一雙鞋子。

「鈴──」小息鐘響起了！我和阿稔對望了一眼，兩個人同時往山下衝去。

之後，我和阿稔再也沒提起秘密基地的事。我們都知道：基地不再屬於我們，我和阿稔之間，卻多了一個真真正正的秘密。晚上躺在床上時，我會想起那個樹林的黑影。窗外，有汽車駛過，陰影掠過牆壁，好像那個影子再次出現眼前。

一個星期後，我如常放學。走到馬路口，卻看見前面站滿了人。幾個警察站在那裏，喊道：「走開！危險！」然而沒有人理會他。大家還是熱熱鬧鬧地圍在一起。

我從來沒見過這麼多警察，也沒見過這麼多人聚在一起，心裏不禁害怕起來。可是，如果不從這裏走，我怎麼回家去呢？我硬着頭皮向前走，直到人群完全擋住去路；我站在大腿與大腿之間，從隙縫中，看見遠處一隻奇怪的生物──比狗還要大，身上一枝枝硬毛豎起，嘴巴突出，伸出兩條彎彎的、尖尖的白牙。牠急步往我們這邊跑過來，嚇得大家往後退；然而，走了幾步，牠又停下來，掉頭往另一個方向衝去。

「是野豬！」有人說。

「怎麼跑到大街上來呢？」又有人問。沒有人答。

豬？我再次想起午餐肉罐頭上的那頭粉紅色小豬，怎麼這頭豬不一樣呢？不過牠們的眼睛都是細細的一小點。我沒見過會動會跑的豬；豬的腿又短又幼，好像快要斷掉似的。

「嘩嘩！」另一邊也有人尖叫起來，「跑到這邊來了！」

大家都很害怕，但是沒有人願意走開；於是人群圍成一堵牆了，野豬找不到離開的路，「哇—哇—」叫了兩聲，像汽車急剎停時似的聒噪。

牠忽然轉過來，剛好對着我。我忽然看進牠黑毛底下的細小眼睛。那裏頭有細小的光芒，像是眼淚又像是尖刺，像牠身上濕漉漉的尖硬的毛髮。

「咔嚓」一聲，頭頂的警察舉起槍。

「不要呀！」我忽然大叫了一聲；我以為會被自己的聲音嚇一跳，然而沒有。「轟」的一下，槍聲把一切都蓋過了，四周忽然變得寂靜；煙火在紛沓的腳步與呼叫中瀰漫，人牆迅速崩塌，耳畔的「嗡嗡」聲卻像響了一個暑假。

一點一點雜音細碎地響起；慢慢地我回到現實。我看見豬躺在

馬路中心，喘着氣，抽搐着。大腿的肌肉在毛皮下跳動。冒泡的紅色東西在牠的身體下流出來，冒着煙與熱。那是血。硝煙味刺進我的眼睛，混和着血腥。

細小眼睛暗下來，然後喘氣聲消失。人們在交談，時間卻停頓下來了。有人推我的後腦勺：「走吧走吧！沒甚麼好看了。」

我不由自主地被人推着走。還想回過頭去，忽然被人抱起：「你怎麼跑到這裏來了？你沒事吧？嚇死我了！」

我把頭鑽進那人的懷裏；媽媽溫暖的氣味從鼻孔裏往腦袋上衝。我大哭起來。

◆

第二天，我回到學校，不知道應否把野豬的事告訴阿穩。她知道後，一定跟我一樣難過。可是我的腦海裏不斷出現那雙細小的眼睛；那微小而刺眼的光芒，看得我一夜睡不着覺，彷彿整個天花板都是野豬黑壓壓的身體；我自己的呼吸聲就是豬啾啾的鼻息。

我低頭走進課室，放下書包，往阿穩的座位上看，她的人卻不在。我坐下來，從書包裏拿出書本，打開；從書包裏拿出筆盒，打開；拿出鉛筆，刨好，放在書桌的左邊；橡皮擦也放好，放在桌子的右邊。

　　上課的鐘聲響起，大家坐好，老師也進來了，阿稔的座位還是空的。我本來就不懂老師在黑板上寫些甚麼，如今更索性幻想起來了：阿稔為甚麼沒上學呢？她昨天是不是也在人群中，看到野豬被打死？她生病了？又或者，她還在睡覺，不過阿稔好像沒試過遲到……

　　忽然，四周變得安靜。我眨眨眼，只見黑板上寫滿了粉筆字，鄭老師卻不見了。我以為自己看錯了，然後又瞥見鄭老師在課室門口。是校長。校長跟她小聲地說話。鄭老師露出了側面，眉頭皺起來，手放在心口上。校長的眉頭也是皺起的，一下子像老了許多。

　　然後鄭老師回來了，繼續上課。沒多久，下課鐘聲響起。我鼓起勇氣，跟着鄭老師走出課室，卻沒勇氣跟她說話。倒是鄭老師轉過身來：「羅志峰，甚麼事？」

　　「鄭老師。」我叫了一聲。鄭老師蹲下來。

　　「甚麼事呢？」她按着我的肩膀。怎麼她忽然溫柔起來呢？

　　「我想……阿稔沒有上學。」

　　鄭老師低下頭來；她的眉頭就像剛才跟校長說話時那樣皺起來。

　　「阿稔請了病假呢，」鄭老師抬起頭，微笑着說，「過一兩天

便沒事了。你回去上課吧。」

　　說完，她就站起來走了。我踏進課室，原來趙老師已經站在裏面。我站在那裏，不知該前進還是後退。趙老師看着我，沒說甚麼，只朝我的座位偏一偏頭。於是我快步回去。前面的肥仔波回過頭，看我一眼。他從來不跟我說話的。

　　我記着鄭老師的話，耐心地上完這一天的課。可是，第二天，第三天，阿稔也沒有上課。小息的時候，我看見鄭老師；她的視線越過整條走廊，和我對望了一會，便轉身離去。

　　我隔着鐵欄，看着操場的同學：踢球的踢球，跳繩的跳繩；幾個女同學坐在花圃旁邊的長椅上，分食一包薯片。

　　而阿稔，就這樣消失了。

　　我又回復獨自一人的日子。這也沒甚麼。我本來就是這樣。只是，學校忽然變得人聲寂靜。課室天花板的吊扇「呼—呼—」地晃動兩條飛機翼似的扇葉。老師走過走廊，鞋跟「鐸—鐸—」地響。時鐘的秒針「滴—滴—」地向前走，永遠不會回頭。開門。關門。電話在隔壁響起，卻沒有人接聽。

　　我變得很專心——儘管還是看不明白課文。我是專心地，等待下課鐘聲響起。一天就此結束。

　　我試過憑記憶，尋到阿稔的家。我迷路了，走了兩個小時，也沒有向途人問路。最後，我終於找到了那座大廈，獨個兒爬樓梯上三樓，拍門，沒有人回應。到了家的附近，卻見媽媽在街上團團轉。我走到她身後，拉一拉她的衣角。她轉過身來，也沒問我往哪裏去，只蹲下來抱着我。這一次，我沒有哭。

◆

　　這天小息的時候，我如常站在窗前，看街上的風景。對面是政府診所，門外坐滿人。有三兩個的臉孔看上去很眼熟，但我想不到在甚麼地方見過他們。

　　「喂。」

　　忽然有人在背後拍我一下。我轉過頭去，原來是肥仔波。

　　「我知道一件事，」肥仔波小聲說，「不過你不要告訴別人是我說的。」

　　「甚麼事？」我問。

　　「那個啡色的女仔──」

　　我的腦海馬上出現阿稔的臉孔。

　　「她的爸爸，死了，被警察打死的。」

「吓？」我不知道肥仔波是否說謊，「為甚麼？」

肥仔波回頭一看，又說：「因為她爸爸是瘋的。」

說完，他便轉身。我連忙抓着他的手臂：「別走！你為甚麼會知道？」

「放開我！放開我！」肥仔波呱呱叫起來。我放開手，見到他雪白的臂膀上幾道手指痕。他轉身便跑掉了。

阿稔的爸爸是瘋的！

照片上的男人忽然清晰地出現在我的腦海中：滿面笑容。身上一件花恤衫，一手叉着腰，一手搭在阿稔的頭上。阿稔的母親也很年輕，頭髮梳成又粗又大的辮子，頭輕輕地靠在男人的肩膀上。

阿稔的父親怎會是瘋子？他真的被警察打死了嗎？還是肥仔波自己亂編的？

課室內一個人也沒有。我跑出走廊，跑到操場；他們一群一群，在沉默中遊戲奔走，彷彿是我和空氣凝固下來，而他們在空氣外面生活如昔。

阿稔！我捂着雙眼；在黑暗中，那雙野豬的小眼睛忽然朝我盯着，然後逐漸消失了光芒。

我依然記得阿稔的眼睛。窗邊的布簾忽然被風吹起，「伏」

地膨脹起來，像一朵碩大的蓓蕾。我看見自己躺在床上，忽然間明白了一切。窗外的天空多黑多遠，可是我即將出發了。我曾經屬於那兒，現在即將回去。已經有朋友在等着我了，老妻、趙叔、三伯……可能還有阿稔，和她的父親。還有野豬。自從那頭野豬死後，阿稔就消失了，像消失在風暴中；那是沉默的風暴，沒有聲音。老師們繼續講書。同學們隔着空座位互相對望。母親們繼續交換情報。阿稔消失了，然後出現在我的夢中，坐在高高的塔頂，在綠色的沙龍下搖着小腿。她的腦後束着一條很粗的辮子，烏亮地，高高地掛在腦後。她低下頭來看着我。我依然記得阿稔的眼睛。她眨一眨眼，便讓我想起晚上公園的天空。晚上的公園，空氣有點濕潤；抬頭望向天空，四周的聲音忽然變得好遠好遠。

「羅志峰！」

我嚇了一跳，抬起頭來。

「食飯啦。」

我努力想看清楚聲音的來源；那是一個婦人，戴着口罩，口罩上，有一雙又深又黑的眼睛。我想應她一句，卻只能發出「嗚嗚」的聲音。

所以我記得阿稔的眼睛。

明叔的一天

　　從醫院回家，明叔得鐵路轉巴士，下車走到大廈，再蹬五層樓梯；進門時，已差不多是黃昏了。今日一整天都是陰天。

　　明叔扯下口罩，走到窗前的藤椅前，重重坐下來，慢慢地回氣。雲層厚重，不遠處的大廈，有一戶人家亮起一盞小小的黃色的燈。其餘的窗戶依舊，或是暗淡，或是拉上了簾子。明叔看着那燈光，覺得呼吸暢順些了，心跳也緩下來。再坐一會才開燈吧，明叔想。然而他一直坐在那裏，直到外面傳來鑰匙聲，和鐵閘拉動的聲音。明叔忽然發現，原來時鐘上的針已指着六時三十五分，四周已是暮色茫茫了。

　　妻子下班回來，先把餸菜放到廚房裏，才走進客廳：「怎麼不

開燈？」也不等回答，便又匆匆走進廁所中。出來後才「啪」一聲的按下燈掣。

「醫生今天說甚麼沒有？」妻子站在藤椅前，微微地躬着腰。

「沒甚麼。」明叔答。

「下次，幾時？」

「下個月月底。」明叔抿一抿嘴，他感到有點口乾，「到時要先檢查血色素。」

「為甚麼？」

「血小板不太夠。今天的指數也只是剛好在邊緣上。」

「剛才不是說沒甚麼嗎？」妻子站直了身體。「真是的，不問你也不說！」邊說邊走開。明叔只好扶着椅柄慢慢站起來，慢慢地踱到廚房。拿起水杯，卻才發現裏頭是空的。手上的玻璃杯被妻子接過；她往杯裏兌了點菊花，沖進開水，把杯交給明叔，便轉向水龍頭前洗菜。明叔掐着杯邊，慢慢地踱回客廳，重新坐下來。

兒子今晚回來吃飯麼？他想問。然而實在沒氣力嚷嚷了。於是明叔小心翼翼地呷了一口水，不再想甚麼了。

◆

休息了一個晚上，明叔認為自己精神尚可，便照樣開店了。鐵閘「嘩啦啦」如浪濤般捲起；陽光照進店內，照出生油、罐頭、各種醬料鹹菜和塵埃。明叔站在外邊，讓裏面的空氣流通流通；然後，只開了一盞小小的黃色燈泡，用雞毛掃拍拍櫃面，這才往街市的水喉裏取水燒開。把普洱茶葉放進暖杯中，泡一會，呷一口，這天的開店儀式便算是完成了。

　　「明叔！」店外傳來一聲招呼。明叔探頭一看，是黃太太。

　　「今天開店啊。」黃太太咧着嘴。有時，遇上要診療或精神不足的日子，明叔的店只得休息一天。

　　「要點冬菇、海帶、花生。花生要大顆的。」

　　「炆豬腳？」明叔瞄了一眼，見到黃太太手裏的超市膠袋，裏頭血淋淋的。他想起街市豬肉榮說最近生意少了。「要南乳嗎？」

　　「係啊，南乳。」黃太太笑道，「幾乎忘了。」

　　明叔把物事都執好了，交到黃太太手裏。

　　「最近，還好吧？」黃太太把錢放在明叔的掌心，問。明叔感到她的目光快速地瞥了自己的光頭一眼。

　　「差不多啦。」明叔把錢放進紅色膠桶裏，也不數算。「還有三次化療。」

「你倒是硬朗。」黃太太由衷地說，「多穿衣服呀，時晴時雨的。」

黃太太走後，明叔又忙了一會；之後坐在櫃台後面，看着日光移動；當太陽稍為離開店前的位置時，他果然感到涼颼颼的，便披上褂衣，呷了口茶；又拿起抹布，抹櫃台，也抹那些蒙了塵埃的罐頭──這罐過了期呢，揀出來，待會兒打開看看是否還可吃。他忽然想起那幾瓶威士忌藥酒；在店的最深處的玻璃櫃的最高一層，若不走進去是看不見的，但若放在外面，早被陽光照壞了。明叔要把酒拿出來抹，但想到要爬上去又爬下來，便懶得動了。收音機傳來熟悉的音樂；又是時事節目的時間。兩個主持人一唱一和，像敲響兩隻破銅鑼：

「這個政府啊，根本唔掂！經濟唔掂、民生唔掂、政制改革唔掂，民望低，乜都係聽阿爺枝笛啫……」

「你睇而家啲租金，點交得起？根本啲地產商就大晒，霸盡地返嚟，起豪宅，起商場，拉高晒啲物價，年輕人讀完大學都買唔到樓，無晒希望！……」

明叔在暖杯裏添了點熱水，呷一口，激烈地漱起口來，「啊啊啊」一陣，然後用力把水吐到店門前的溝渠裏。一味地批評，一味地爭拗，十足紅衞兵！我年輕的時候不也住板間房？買不到樓就嚷

嘩！明叔覺得煩厭死了。於是他走到外面，叉起腰，吹風。對面菜檔的小電視在重播劇集，檔主蘭姐卻沒在看。她正忙着把蕃茄搬到一邊，好挪出地方來放一竹筐的粟米；一顆蕃茄滾出來了，滾着，滾着，滾到花檔前的水灘裏。花檔裏也不過是些菊花、康乃馨，倒是那幾株萬年青還茁壯青綠。旁邊的水果檔飄來一陣陣異香，是大樹菠蘿，不知檔主從哪裏找來的，碩大的果實橫躺在香蕉、橙和葡萄之間，綠綠黃黃，外皮的釘子看上去有點礙眼。明叔盯着那果子，心裏忽然想：看誰更礙眼些？他微微轉過身，重新叉起腰，站在那裏一動不動。早上買菜的人潮已過，這時候的街市安安靜靜。連水果檔的老陳也伏在紙皮箱上，睡了。沒有人理會明叔。

這樣過了一會，明叔還是走回店內，在吵鬧的收音機聲浪中繼續抹罐頭。背後忽然傳來一把男聲：

「有豆豉嗎？想買些豆豉。」

明叔轉過身去，是個年輕男人，牽着一個兩、三歲的小男孩。明叔放下抹布：「要多少？」

「嗯……」男子答不上來。

「你用來作甚麼？」

「炒苦瓜，可以麼？」

明叔打量他一下：身上的襯衣料子看上去還似乎挺講究的，應該是附近新屋苑的住客。那邊就有個空調商場，不知他為甚麼要跑來這個舊街市。這個鐘數，一個大男人，不用上班麼？

「炒苦瓜，炒南瓜都可以。」明叔把一小份豆豉包好遞上，「兩元。」

「謝謝⋯⋯其實我還買了些雞腿肉，」男人笑着問，「煮豆豉雞，要幾多豆豉？」

「你不用一餐飯滿桌都是豆豉吧？」明叔沒有笑。一頓飯要吃些甚麼，對他來說是極其認真的事，尤其是現在他有很多東西都不能吃。「雞腿肉，若是新鮮，清淡些可金針雲耳，煮飯時放在飯面蒸。若要味道濃些，也不一定用豆豉，沙薑雞、豉油雞啦。」

說罷，明叔又看了他一眼，「清蒸吧，簡單些。」

年輕的男人同意了。於是明叔又給他執些金針、雲耳、杞子、紅棗，「醃雞時加點酒。雞不要天天吃，有激素。」

男人接過東西，離開前讓孩子跟明叔說「再見」，明叔也笑着揮揮手。他對自己的教學表現十分滿意，卻也對一個男子拖着兒子來買菜感到十分奇怪。大概是個失業漢，看上去還挺開心似的，真不像話！有時間弄雲耳蒸雞，怎麼不去翻報紙找工作呢？明叔不知道現在招聘廣告不一定在報紙上，男人也不一定外出工作；他只

知道雲耳蒸雞依然是那樣的美味：飯香與雞肉香酒香，紅色的棗子杞子、奶白的雞肉、黑色的雲耳絲。湯汁面泛着點點油光⋯⋯明叔現在是不吃雞的了。他只能一邊想像，一邊準備自己的午餐。往街市水喉裏洗了菜、洗了米；蒸蛋豆腐是之前一晚的剩菜，在小冰箱裏，一會兒飯滾了往上擱便可。明叔現在只能吃清淡的，近乎吃素，可又得顧及營養。也即是說：妻子讓他吃甚麼，他便吃甚麼。以往明叔可是個美食家，在店裏用個小電飯鍋也燉得出蕃茄排骨、五香牛腩，分給兩鄰的店家。妻子有時會取笑他說：「想必是你的美食名額滿了。」

◆

「所以說，香港政府真是放屁！」

收音機傳來一聲咆哮。明叔有點嚇一跳。真的，凡事都有個限額。吃甚麼，穿甚麼，一切都是注定的。明叔看了那些青菜豆腐一眼，想嘆氣，又忍住了。對着食物嘆氣也太缺德了，他那一輩的人不會。飯煮好後，另外煲一鍋水灼菜，也就是一頓午飯了。飯吃到一半，電話響起來，聲音有點陌生：「明叔，你好？我是王傳道。」

「啊，謝謝。」明叔想不起誰是「王傳道」，又不好意思問，「有心，有心。」

「許久沒見了，近況還好嗎？」這個叫「傳道」的人倒頗熱心，「身體好嗎？弟兄姊妹都想念你。」

明叔想起來了。大半年前剛得病，他跟街坊上過三兩次教會，王傳道是教會的傳道人——不是名字叫「傳道」啦。

「啊，王傳道，」明叔放下筷子，清清喉嚨，「還好，還有幾次化療……」

「啊！感謝主。」王傳道沒等明叔講完，便在電話那頭大大嘆了口氣，「這是主的看顧。」

「哦……」明叔不太明白，但估計那是好意的話，「謝謝。」

「教會的弟兄姊妹許久不見你，很關心你的近況，」王傳道的語氣裏透着誠懇，「想邀請你回來聚會，團契，崇拜，都可以。」

「這……」明叔想不出回答。他那時是有點不習慣，所以去了三兩次崇拜就沒有再去了。

「我們的長青團契，這個星期六有個見證會，黃伯、李太太等也出席，你也一起來，好嗎？」

「這……」明叔打個「呵呵」，「星期六，我要看店呢。」

「我明白的，」王傳道也「哈哈」了一聲，「不過，明叔，《聖經》上說，不要為自己積累財寶在地上，要積累財寶在天上。

看店是重要，不過上主的話更重要。多來團契，肢體會為你禱告！」

明叔唯唯否否：「嗯……是的。」

「我們要常存感恩的心。」王傳道總結，「那麼，星期六，盡量抽時間來吧！我們繼續在禱告中紀念你！」

◆

掛線後，又做了幾個熟客的生意，前面忽然傳來一陣吵鬧。明叔伸長脖子往前看，原來是食環署的人來了。他連忙丟下零錢，把擺在門前的貨物搬進店裏，卻忽然一陣暈眩——手裏的是一箱鴨蛋呀！明叔咬着牙，站在那裏，不敢動。手卻忽然空了；鴨蛋被接過，明叔也被拉到店外的木椅上坐好。回過神來一看，是老陳。

「謝謝。」明叔喘口氣，說。老陳沒答腔，把鴨蛋搬進去。剛轉身，穿制服的人就到了。

「有人投訴這裏阻街——」年輕的制服人只顧低頭看文件，「這裏是八十一號，是嗎？」

明叔坐在那裏，點點頭。

「看，東西都放出來了。」制服人看看店外，指手畫腳，「這裏一箱蒜頭，那裏一箱米粉。怎麼不放到店裏去？」

見明叔不答，制服人又重複了一次，老陳開口了：

「年輕人，你也得讓老人家回過這口氣呀。」

「你是這家店的人麼？」制服人轉向老陳。

「不是！」老陳的性子向來有點倔，「難道就管不得？人家是個病人！還得討生活！」

聽到這裏，明叔勉強坐直身體：「好了好了，我把東西搬進去就成了。不好意思，不好意思。」

老陳還想說話，被明叔按着手：「我把東西搬進去，搬進去。別吵了。」

「這是最後一次警告，」制服人既沒生氣也沒表情，「再犯，就要發告票了。」

「知道了。」明叔抹汗。抹過才想起那是抹枱的抹布。制服人一邊看文件一邊到隔壁的辦館門口，把差不多的話說一遍。

「真是！甚麼大不了？」老陳氣沖沖。明叔不想聽他繼續囉唆，便拍拍他的肩，表示感激。老陳也就回自己的水果攤上去了。明叔回店裏坐着，覺得剛吃下肚裏的飯菜擱在胃裏很不舒服。他呷了口茶。魚檔三嬸被制服人說了兩句，也是丟盤摔碗的，鼓起兩腮收拾檔攤；她平時可兇着呢，不讓人挑揀她的魚。倒是香燭店老

王，哈巴狗兒似的對着制服人拼命搓那雙手，看着不順眼。明叔坐在店裏，看着外面，等待食物慢慢消化。

◆

遠遠地，茂叔來了，帶着他那頭心愛的小狗。明叔看看鐘，果然是三點三。

「嗨！」明叔走過去蹲下，逗弄小狗的下巴，「吃菠蘿包不吃？」

「不行啦，」茂叔笑着說，「獸醫說，牠要減肥。」

「減肥？」明叔心中暗笑。狗也要減肥，真是天方夜譚。可是他也知道這頭叫「波子」的狗是茂叔的命根。茂叔一個人住，早幾年心臟病發暈倒家裏，虧得波子狂吠，驚動了鄰居，才撿回老命。

「波子吃狗餅吧？可以喝些五花茶，清清熱氣。」明叔說。

「啊，是嗎？」茂叔想了想，「那麼，給我兩包。」

明叔轉身執了兩包五花茶，「一包分三次吧，也不能喝太多。」

「當然了，也不能放糖呢。」茂叔接過，放進膠袋裏，「是不是，波子？」

　　明叔看着他倆的背影；波子跟在茂叔的腳邊，邁着急而碎的腳步，胖胖的屁股左右顛動，倒是一步也不落後。到了大廈門口，茂叔把波子抱起，放進旅行袋裏，便推門進去了，消失在明叔的視線裏。

◆

　　身後的電話響了。

　　「喂？」

　　「吃過飯了嗎？」是妻子。明叔對着話筒皺眉：都甚麼時候了，還不吃過午飯？

　　「吃了。」他答。

　　「菊花水有喝嗎？」妻子老是認為喝菊花水對病情有幫助，也不知她從哪裏聽來的。

　　「有啦。」明叔隨便回答。

　　「我今晚夜更，」妻子在酒店當清潔工，「晚飯你自己吃吧，家裏有麵條，冰箱有菜心。」

　　「嗯。」明叔應着，想了一想，還是掛了線。他又拿起聽筒，想給兒子撥個電話，到底還是放棄了。上一次跟兒子吃飯是幾時

呢？明叔已忘了。每天起來，保溫瓶裏留給兒子的湯倒是喝光了的。

◆

這時電話又響起來了。

「爸？」竟然是兒子打來的。「我今晚回來吃飯。」

「啊，是嗎？」明叔一時之間不知如何回答，「今天你媽要上班。」

「那麼，到外面吃吧。」兒子說，「我下班後到雜貨店找你。」

掛線後，明叔看看牆上的大鐘；下午四時。他又呷了口茶，想起妻子的話，便把杯洗淨，拿點菊花出來沖泡。

◆

黃昏是另一段忙碌的時間。明叔打起精神準備：舊報紙一張剪成四份，包榨菜、菜甫，兩元一份，剛好足夠炒一碟蛋或肉片。早上賣光的茶瓜重新掛在門口。抹乾淨的罐頭、醬油放出來。遠遠看見熟客走來，便揮手招呼，按照他們的習慣應對。明叔一邊忙，一邊不時偷瞄大鐘。兒子該差不多到了。他想起今早那個男人帶來的小孩，乖巧，不多話，像兒子小時候。明叔又看看時鐘。七點了，

怎麼還沒到？六月的黃昏特別長，明叔偷吃了兩塊梳打餅。

一直等到八點，天真黑了，店要打烊了，兒子終於到了：「爸，想吃甚麼？」

「隨便吧。」明叔忙忙的鎖抽屜，關燈。兒子在一旁低頭傳信息：「茶餐廳？」

「隨便吧。」捲閘「嘩啦啦」地落下，「砰」一聲撞在地上，把柴米油鹽都關在店裏頭。明叔忽然覺得街市的街燈好亮，兩舖之外的粥麵店，門口的照明份外刺眼。他眨一眨眼睛，轉頭只見兒子已向茶餐廳走去，便也過去了。屋邨的夜晚，八點已經遲了，雖也有些食客，卻坐不滿店面。兒子逕自走到卡座坐下，翻開餐牌：「吃甚麼？」

明叔坐到兒子的對面：「隨便吧……鹹魚肉餅？」

兒子笑了：「別讓媽媽知道。」然後向侍應點了梅菜鯰魚和鹹魚肉餅。明叔也笑了。頭頂的空調直吹過來，明叔又拉拉衣襟。牆上的電視正播着本地電視台的片集，兒子瞄了一眼：「嘖，又是這些師奶劇。」

明叔附和：「香港地，也就是這樣。」

鹹魚肉餅先到，嗅着霉香。例湯倒是味精水，不喝也罷了。明

叔正想開口，兒子的電話卻響起了。

「啊，是的……我已經在網上約好了……星期天，在政府總部出發，橫額在我這裏，會帶去……他們也去。」

兒子說了好一會才掛線。明叔飯已吃了半碗。他忍不住，又裝作不經意：

「星期天，遊行？」

兒子點點頭。

明叔沒作聲。他不明白遊行這玩意兒。新聞上看到，那些人亂叫亂嚷，好些還被警察抬走。

「我看呢，有工作，有飯吃，便好。政客，都是搞事出風頭的。」明叔試探着。兒子沒作聲。

「不然，看那一天，共產黨真的派個人來管呀，那時可吃不了兜着走呢……。」明叔又說，「共產黨，鬥不過的。」

兒子依然沒答腔，夾了一箸魚腩，放到明叔的飯碗裏。其實明叔最想說的是：星期天是你祖父的生忌。然而明叔畢竟沒開口。

吃過飯，踏出茶餐廳，明叔轉左往家的方向走，兒子卻轉右：「我還得跟義工開會，你先回去吧。」

「還開甚麼會？」明叔想說，話到嘴邊改了口：「嗯。多穿衣裳。」

◆

明叔又獨自蹬了五層樓梯；進門時，已是九時多了。明叔洗洗手，抹乾，走到神柪前，給自己的父親點了炷香，腦海裏忽然閃過父親年輕時的樣子；然而也就只有那一閃。他努力再想，竟再想不起來了。於是明叔走到窗前的藤椅前，重重地坐下來。對面大廈家家戶戶都開了燈，也幾乎在看同一個電視劇集。只有那一家人，依舊是暗暗的，露台依然亮着那盞小小的黃色的燈。明叔看着那燈光，漸漸地，呼吸暢順了些，也漸漸地覺着疲倦；睡意如水一樣，一點點地化開，化開，慢慢滲滿整個人，整個身體。他想等妻子的門，告訴她今晚跟兒子吃過飯；然而實在是睏啊。明叔一直坐在那裏，直到外面傳來鑰匙聲和鐵閘拉動的聲音，他才發現自己原來睡着了，再也無力醒來了。

老貓

　　是的，又是這個穿襯衣的年輕人。他是常客，我嗅到他由遠而近的氣息，就跳上收銀的櫃台，看着他進來。自從那次買奶茶時老闆娘給算便宜了一塊錢之後，這個年輕人就成為我們這間茶餐廳的忠實擁躉。一個月他總有三四次來吃飯，點一客盅頭飯，加一杯熱奶茶，我記得。這天他又來了，比午飯時間晚了一點；不用侍應招呼，便高高興興地走進來，喜孜孜地坐下，然後忙忙地拿起餐牌，想了一會，還是點了他一向點開的北菇蒸雞飯。放下餐牌他四處瞄；他在找老闆娘，我知道。她往街市訂貨去了。我們老闆娘是很勤快的。

　　侍應明仔把單據壓在玻璃桌面下；年輕人無意識地用手抹一抹面──老是一副疲累的樣子。我不禁微微地笑了起來，朝他「喵」

了一聲。他也笑了，向我揮揮手。他對我很好，會給我留點北菇雞的雞肉絲，摸摸我的頭，把我當成小貓，是個和藹可親的人，就是有點造作。年輕人不知道我年紀比他大多了；貓一歲等如人十八歲，以後每年加四歲。年輕人看上去不過二十幾。我這隻十三歲的老貓，已過了花甲之年了。

外面下起雨來了。路人的身影匆匆地掠過茶餐廳的門口；淅瀝的雨聲中夾雜着幾聲微弱的、無奈的粗話。我又笑了——喵！嘲弄是我的老毛病。人和貓都總有一點老毛病。

門推開了，莫太太帶着兩個孩子進來——這不遲不早的雨呀！偏趕着孩子放學時下起來！下午二時半，茶餐廳並沒有太多人；她隨便找個地方坐下來，替兩個孩子擦掉手臂上的雨水。一個孩子隨手拿起餐牌，另一個也循例來搶，於是便又吵起來。莫太太罵了幾句；雖然，明知過不了一會，他們又會和好如初。可是莫太太不會記得。她只記得他們一宗又一宗揪心的事，考試不合格、打架、不知從哪兒學回來的粗話……莫太太並不自覺於自己的多慮，可是我知道。

飯來了，還有一碗例湯——明仔在例湯裏多加了幾件節瓜給年輕人。明仔雖然讀書不成，倒是懂得看眉頭眼額，知道老闆娘會同意他的闊綽——收買人心是做生意的慣技。果然，年輕人吃得很開

心，大概覺得這湯裏充滿了溫情，雖然飯面只得一隻冬菇，例湯其實摻了很多水，他也會因為那溫情而原諒我們的。他呷了一口湯，皺了皺眉頭，可是沒作聲，默默繼續喝下去。他不是住我們這一區的；從他每次吃飯都要給牆上掛了幾十年的大鐘、地上鋪了幾十年的磁磚、倒過無數熱茶給客人的熱水壺拍照看來，他不過是過路者，來懷一些不屬於他這個年紀的舊。我喜歡這種人，因為他們容易侍候，像一條鋪好的路讓你順着走。

　　莫太太看着兩個孩子還未乾透的頭，忽然低下頭來匆匆地扒了口飯——想必是餓了；我想像她身體裏有個柔軟的位置疼痛起來。茶餐廳，三十五塊錢連熱飲，能吃飽就算了。我相信莫太太自己燒得還好呢；可是，她也有不想燒飯的時候，像今天。天是這樣的灰暗；家裏狹小的廚房就顯得更狹小，只有這家廉價的老區茶餐廳，一年四季是一樣的溫度，一樣的燈光，像旅人冀盼的驛站，雖然永遠成不了目的地。我看着她看着兩個孩子。愈來愈大了，孩子的心事不再是飯菜好不好吃的上面。我聽到她嘆了口氣。對啊莫太太，做人真不容易呢，何況你今天連燒飯都不想。是不是一定要多思多慮才算是好媽媽呢？那已是一個習慣了，像到過的地方一樣，不管喜歡與否，總是感到熟悉。我無聲地吹起口哨。那也是一首我聽慣的歌。我聽過的歌可多了，老闆娘的收音機播甚麼我便聽甚麼。只是我無法讓人知道，因為我是一隻貓，沒有人相信貓也會聽歌。

明仔在一旁讀馬經。他書讀得不多,馬經上的字倒是個個認得。年輕人早吃完飯了,桌面也沒人收拾。這樣也好,免得騷擾他發呆的興致——年輕人是個性急的人;甚麼東西都嘩啦啦丟進口裏。只有喝奶茶的時候,他會忽然慢下來,像一種儀式,一種讓身上的皮蛻下來似的儀式。他的手放在茶杯上,眼睛卻看出窗外;他一定覺得剛停雨的天空很漂亮了,我知道。莫太太看着這個年輕人。他大概和莫太太的丈夫年輕時一樣地瘦,我想。她順着他的目光望出去。天空的顏色,想必令她想起年輕時曾經擁有過的,一匹灰亮灰亮的綢子。莫太太眉目細緻,曾經是個美女——我們的老周把原子筆擱在肥大的耳朵上,不時打從莫太太身邊經過;我看見老周把雙手放在背後,不住把落單用的小帳簿翻來覆去。十根皇帝蕉似的手指,倒靈活。老周不比明仔,年紀大了,又坐過牢,茶餐廳結業後,他要找到另一份工作也難——新開的茶餐廳都在旺區,招待遊客,薪水不見得高,請人卻要身家清白,俊俏斯文,懂得兩文三語甚麼的。老周這時候連自己也顧不上,對莫太太,也就不能比一個侍應對一個客人更好一點點了。

老闆娘回來了。年輕人衝着老闆娘笑了一笑,她卻碰巧沒看見。老闆娘是個臉上沒甚麼特徵的女人,因此男男女女都覺得她很和氣。莫太太看着她,大概想起自己年輕時也有人說過自己的面相好福氣的。她摸摸孩子的頭,又拿紙巾往他們身上抹。兩個孩子正

努力地吃着面前的餐蛋飯，完全沒有理會自己的母親。老周早已走到水吧前站着。明仔也把馬經摺起收在褲袋。

「下雨呀！有沒有帶傘？」

老闆娘一邊高聲地向空氣喊道，一邊走進廚房，並不在意有沒有人回應。這些年來，老闆娘一個人守住茶餐廳，早已練就隨時笑面迎人的技術。明仔站起來收拾碗筷；年輕人看了孩子們一眼。當孩子真好呀，兩隻蛋一塊餐肉就是天下佳餚了──我又看見他無聲地把嘴角往上牽，帶着自覺的憐憫與不自知的鄙夷。他一定在想：小時候，總是覺得街外的雜食比母親的小菜好吃，也說不上為甚麼，只是貪新鮮。是啊，所以我記得年輕人的口味與習慣，因為他剛跨過了每次點菜都要嘗新的年紀。如你所見，雖然我只是一隻貓，卻是見多識廣，世故老練。客人喜歡吃甚麼，甚麼鐘數來，甚麼鐘數走，我記得一清二楚。老闆娘甚麼地方闊綽，甚麼地方吝嗇，我心裏亮透。我是一隻專業的舖頭貓，專業在不會想得太多。

年輕人終於拿着照相機站起來了，開始他例行的懷舊。時間在照相機的「咔嚓咔嚓」聲中溜走；這家我住了十多年的茶餐廳，不出數月就要關門了。隔壁的文具店中藥店早已拉下鐵閘，店名上貼了市區重建局的通告，很快就輪到我們了。收銀機上方的牆上是當年開張時老闆親自掛上的七彩印刷畫，裱好的，上面是幾條橙紅色

的錦鯉。這麼多年以後,那橙紅色當然褪色不少,但老闆娘仍然堅持每天開店前,踩在高櫈上,把畫框和玻璃擦拭乾淨。年輕人當然不知道這些往事,連明仔和老周也不知道,只有我知道。

　　或許還有後巷那隻貓。那本來是文具店養的貓,不比我年輕,文具店上月關門時沒把他帶走。老闆娘每天給他一點食物,下雨時讓他蹲在後巷的簷篷下。我和這位同類雖相識多年,卻只是點頭之交,談不上很好的交情。如今,在我和他之間,不過是隔了幾步之遙的,一個廚房的闊度,他便是一隻所謂的流浪貓了。我的目光越過水蒸氣、越過茄汁與黑椒汁的氣味,越過老周的肩膊、明仔的頭頂,與光管下的幾隻飛蛾,與我的同類的目光接觸。他沒有求救的意思。

◆

　　下午茶時間到了。我跳下收銀櫃台,蹲在角落,專心地吃我的貓糧。或許那不是甚麼有機貓糧,新鮮肉食,但我吃得很專心;畢竟這些食物已養活我多年了,縱然我的肌肉已經鬆弛,指爪也已遲鈍,毛色也不及當年的亮澤。茶餐廳快結束了,明仔、老周、年輕人和莫太太,將各自過活,而我,並沒有人談論過我的去向,當然也沒有人問過我的意思。我會跟我的文具店同類一樣流浪街頭嗎?我還有捕獵和求生的能力嗎?老闆娘會帶我回家嗎?我不知道。這

些年來，我任由眾人的怨言與遺憾流過我的血液，我聽着那靜脈中流動的聲音，以換取三餐溫飽。然而怨言和遺憾即將消失；這個城市滿是新穎、閃耀、高昂的意志與競爭的精神。

我靜靜地笑了，在這一間毫不起眼的茶餐廳中。窗外的雨下完了。不一會，陽光就會出現，塵土在地盤上繼續奮力飛揚。只是，這一刻，在這裏，空調是恆溫的。外面的世界到不了這兒。

禮芳街的月光

　　我和嘉芙蓮在日語夜校認識。回想起來，即便那是廿年前，她的衣著還是有點土氣：一件款式普通的上衣，下半身半截裙，短白襪，一雙白色球鞋，頸上掛着一個看上去不怎麼協調的玉佛吊墜。她總是來去匆匆：嘴裏咬着麵包衝進課室，輕輕地跟在黑板寫字根本沒朝她看的老師點頭，說句「すみません」，然後盡量安靜地在我身旁坐下──我喜歡坐最前排，旁邊總是空着。嘉芙蓮從背包中拿出筆記本馬上開始抄寫。我瞄了一眼，本子上密麻麻的。嘉芙蓮是個勤力的學生。

　　黑板上是日語敬語列表。老師說，通常到了日語動詞語尾變化的階段，便會走掉一批學生。我和嘉芙蓮每周一會，共同跨過了這一關，便有點熟悉親切之感；不過，我對她課堂以外的事其實所知

不多。

　　應該說，那時我對一切事情都所知不多。那一年的我，一頭栽進了一潭渾水般的愛情。生活於我來說，像是海底漫步，無法加速。四周景色是暗昧的輪廓。沒有聲音。眉梢眼角都是水流暗湧，要小心不跌倒。不是每個上帝都會把紅海分開。

　　只有上日文課時我的精神能稍為專注。日語是曖昧的，語焉不詳的，但日語課是清晰的，分類明確的。學習外語這回事比人生本身公平多了，只要努力付出，總有收穫。那是我每個星期的救贖。

　　況且，正如我對嘉芙蓮算不上了解，她對我在日語堂以外的生活同樣不清楚。她不知道也沒追問我的工作、戀愛、星座……我感到安全。

　　當然也有閒聊的時候。到了「体言1は体言2が形容詞・形容動詞ている」、「他動詞+てある」的課，我知道嘉芙蓮在日本人開的公司做會計。對中三開始數學便未曾合格的我來說，當會計的人是深不可測的。那時（一直到現在），會計是一個經常要加班的職位。因此她總是遲到，總是錯失部分課堂內容。而根據嘉芙蓮自己的說法，她年紀已不小，本來學歷也不高，學習日語對她來說頗為吃力。

　　這對於有點語言天分的我來說，是很可惜的一件事。我不禁對

她同情起來。因此,當她提出讓我給她補習日語時,我一口便答應了。

　　嘉芙蓮的家在葵芳禮芳街。葵芳是我常到的地方,卻不包括禮芳街這一帶;我常到的,是那個華麗寬敞的新都會廣場,由新都會天橋穿過葵涌廣場,再由葵涌廣場的天橋回到街上,那恍如一個由仙界貶落凡塵的過程。在新都會,仙女們穿着高級時裝,高跟鞋的鞋跟彷彿無須着地;到了葵廣,仙女變了倒模美人,雖說沾了人工氣,到底還是年輕的,甚麼都願意試試的。然而一眨眼仙女就老了,經過一道天橋,便老成了禮芳街上的中年婦人,手裏挽着的不是星光而是塑膠背心袋,裏頭裝着食慾、物慾與歲月。那是一個住宅舊區,一幢唐樓外圍着四條小路,五金店的舖名被高高懸起的膠水桶、椰殼毛掃帚和廁所泵遮蔽;雲吞麵檔的蒸氣與門口不斷進出的食客擋着去路,沒有人帶路的話是不會曉得怎樣走的。於是我約她在天橋口前的卡拉OK招牌下等。晚上七時,她挽着一袋袋的蔬菜、凍肉,從遠處笑容可掬地向着我快步走來。

　　「對不起,」嘉芙蓮把手中的背心膠袋換到另一隻手,「我可以再去買一點東西給小弟吃嗎?」

　　「當然可以。」我微笑着。於是她很快走到我的前頭。大廈外牆掛了一個男歌手的巨型海報,在黑暗中對着我微笑。過早的聖誕

燈飾懸掛在天橋與商場中間的半空中。我必須跟着嘉芙蓮的腳步；街道愈走愈窄，四處愈來愈靜。我們經過好些細小而灰暗的商店；每隔幾家就有許多孩子在圍觀巨型的電視，激烈明亮的格鬥場面投射在他們的瞳孔中。在沒有智能手機的年代，街頭的機舖是兒童的戰場，他們打的是敵我分明的、熱鬧的戰爭。

嘉芙蓮的家位於夾在燒臘店和小食店之間的一幢唐樓內。電梯口的看更和她寒暄了幾句，又看了我一眼，跟着便沒有甚麼興趣地別過臉去了。到了門口，她先打開大門，然後裏面又是幾個門口──廿年前，社會上還沒有「劏房」這個說法，然而現實世界中劏房早已存在。單位劏成的小房間，分租予不同的人。房門都是緊閉的。其中一個房間的門外放了好幾雙尺碼相同的矮跟皮鞋，想來是某個年輕的上班女郎。坦白說，我以前並沒有到過這樣的地方。

「小弟，開門。」

房間大約二百呎；一張上下格床、一個組合櫃、一個衣櫃。沒有沙發和桌椅。摺簾後面是一個抽水馬桶、一個冰箱和一個洗衣機；洗衣機旁邊的木架上放了個單頭煮食爐。

嘉芙蓮的孩子大約十二、三歲吧；胖胖的，架着眼鏡。他很小聲地叫了一聲「姐姐」，然後接過嘉芙蓮手中的東西，幫忙着放進冰箱中。嘉芙蓮打開了摺枱、摺凳，拿出錄音機和課本。又倒了

一杯水放在桌面，給我找來一雙拖鞋。一切都是在五分鐘之內辦好的。在那之間我一直站在房間的中央，看着她幹練地轉來轉去。

「この辞書の用例が多い。」

「この車は性能がいいです。」

「私は頭が痛いです。」

我唸一遍，嘉芙蓮就跟着唸一遍；許多地方她都唸得不大好。她自己大概也知道，不用我說就從頭再讀一遍。然後我請她做練習。小弟把飯盒放在洗衣機上吃。

「媽咪，剛才叔叔打電話來找你。」

「知道了，媽咪現在沒空呢。」嘉芙蓮頭也不抬。

「爸爸叫我這個星期天過他那邊，說奶奶想着我。」

嘉芙蓮沒有回答。

我看出窗外。嘉芙蓮住在二樓，外面是很低的天空；月亮夾在幾幢高度參差的唐樓中間，像一朵半開的花，垂在眼前不遠的地方。我的心不禁有點悵然；人們忙着生活，或忙着在想要過怎樣的生活。誰會想到看甚麼月色呢？

有時，我們也會在周末的日間上課。禮芳街對出是一個小公

園。說是公園也許不太準確,那就是四邊的花圃圍起來的,滿地踩扁了的煙蒂的一塊水泥;石椅旁邊是比垃圾本身還髒的垃圾桶。然而這一天陽光很好;我到快餐店買了一杯咖啡,猶豫了一回,又買了一杯雪糕。小公園就在唐樓出入口的對面,離大街略遠。兩個老伯坐在陽光下看報紙,看不出他們是認識還是不認識。鬧市的車聲、人聲從遠處傳來,空氣有一點稀薄,卻是很清涼的。

我在一張長椅上坐下;其中一個老伯抬頭來,向我微微一笑。於是我也笑了。一點雲也沒有。冬日的天空非常高;在廣大的藍天中我找不到一點世界虧待我的地方。它不過是若無其事地晴朗着。那是一種殘忍的恩慈。

放手吧,我想。我應該把注意力集中在有益的事情上。麻雀飛來,在我腳前停下,側着頭,想了一想,便又飛走了。我以為牠會衝向天空,但牠只是鑽進不遠處的大紅花叢中,轉眼便不見了。

「年紀大了真是沒法子的事。才教過的,轉眼就忘了。」這晚離開的時候,嘉芙蓮說要送我下樓。日語升班考試快到了,嘉芙蓮問,會不會礙着你溫習呢?我是無所謂的——我是這個世界上最無所謂的人。只是每次到她的家,她都要張羅甚麼點心之類的東西,反而讓我過意不去。其實我甚麼都不想吃——吃不吃都無所謂。

◆

「別這樣說，你很認真。」我由衷地說。

電梯停在頂樓一直不下來。我又把按鈕按了好幾次。

「你很擅長做練習吧，」嘉芙蓮忽然笑了，「這個要三十分鐘內做好。那個不能超過十五分鐘。我看着你對錶的樣子，好厲害哦。」

「香港的學生從小到大都是這樣吧。」我說。

嘉芙蓮的目光停留在電梯的數字板上，臉上保持微笑。如果她要揶揄的話，那對象應該是我吧。

那日之後我的背包裏總是放着書、電話裏放滿歌、記事本中寫滿了約會；我在大衣袋子裏放了一顆小石頭，一邊和別人說話時一邊把玩着，免得兩手常常想抓着些甚麼。然而漸漸地我發現自己只不過白白地把那些書本、記事本等沉重的東西揹來揹去罷了。在地鐵中我只是發呆。我甚至沒有看錶。我提早到達禮芳街，先在小公園裏坐上十分鐘。又是那個老伯，他在吸煙。香煙外面的白紙隨火光迅速往後消失。我彷彿聽到「哇啦啦」的聲音。那是時間消逝的聲音。

我站起來，毫無目的地走開。還沒到上課的時間。如果把我走過的路程拉成直線，我大概已走到內蒙古了，可是我從沒離開過這城市。

終於，日語考試完了之後，嘉芙蓮說要請我吃飯，答謝我的幫忙。說是答謝太客氣了，我說，吃頓飯，聊聊天就好。那就今晚吧，今晚你有空嗎？嘉芙蓮問。

　　我看看手錶，想起某個已經與我無關的人也是今天考完試。

　　我吸了一口氣，說，好。

　　於是我們就在她家樓下的小菜館吃晚飯。

　　「這菜館挺好吃的。」我找個話題。

　　嘉芙蓮點點頭，「我搬來這裏一年，也是第一次光顧。」

　　「哦……」我不知是否要問下去，猶豫間嘉芙蓮繼續說：「說起來也許你不相信，我離婚前住太古城。」

　　「那……」我只好問下去，「為甚麼搬到這麼遠的葵芳呢？」

　　「我的前夫常常來找我。」嘉芙蓮低下頭，呷了一口湯，「他有了別人，我就跟他離婚了。但後來他又來找我，不過是……想跟我……那個……」

　　那時我還年輕，想了一會才知道她要說甚麼。「或許……他只想跟你和好吧……」

　　「無論如何我不會跟他在一起了。」嘉芙蓮放下湯勺，看着

我，微笑着搖頭，「我不會回頭了。當年不過是年輕，想找個人疼愛自己，也沒想過自己是否真的愛他。他有外遇，我不怪他。只是我不想再走回頭路了。」

我也看着她，微笑着。

「來，吃飯。」嘉芙蓮給我添了一碗湯，「考試完了，小弟今晚又到同學家玩，我也難得輕鬆一下。」

「這一區倒是熱鬧。」我又找個話題，「買東西也方便，街市又近。」

「我中五畢業就沒升學了。」嘉芙蓮夾了菜，「唸過的書都忘了。倒是搬來這裏後，常常想起某句話。」

「哪句？」

「『大隱隱於市』，有這句話是不是？」

「是的。」

嘉芙蓮露出一個得意的表情。我不禁笑起來。

步出飯館，嘉芙蓮又說：「真的謝謝你這幾個月的幫忙。」

「別客氣。」我衷心說，「我也謝謝你。」

嘉芙蓮彷彿知道我在想甚麼，拍拍我的肩，往上一指：

　　「你看。」

　　我抬頭。在沸騰的禮芳街夜市中，圓而大的月亮在雲後露出臉來，像一朵不敗的蓮，廿年後仍然盛放。

鳥

　　我和妻都叫他做「鳥先生」。鳥先生是對面的鄰居；之所以被稱為「鳥先生」，是因為，一個星期中，總有三、四個晚上，他會到樓下公園吹鳥哨。那是一枝長長的金屬哨子，吹起來很像鳥兒叫的聲音。夏日的夜晚，晚飯過後，孩子們隨着爺爺奶奶到公園乘涼，狗兒在屋苑外圍長長的走廊上奔走；鳥先生就在他們中間，獨自吹起不知有沒有人在聽的哨音。

　　鳥先生仿似從來不開口說話。有一次，在電梯大堂中，我向鳥先生打招呼。他只是默不作聲。電梯來了，我正想進去，妻卻從身後拉着我。於是鳥先生獨自進去了。光線隨電梯門關上消失；只剩下「12」、「9」、「6」、「3」的數字逐一亮光。

「真沒禮貌。」妻嘀咕着。

「算了吧。」我聳聳肩。

「下次別理他。」

我沒有回答。電梯又來了，我先踏進去，卻看見地上有一條羽毛。我裝作綁鞋帶，把羽毛拾起。

「甚麼？」妻問。

「沒甚麼。」我迅速把羽毛袋好。不知道為甚麼，我沒有把事情告訴妻。

◆

趁着妻洗澡的時候，我把早上拾到的羽毛拿出來細看。那是一條翠綠的羽毛，中間夾雜着一點黑色，把綠色顯得更鮮明。毛色亮澤，骨幹長而粗壯，應該來自一隻健康的、體形不小的鳥——大概是尾巴的部分。

花灑聲消失了。我把羽毛收好。

妻穿着粉紅色睡袍走進睡房，髮梢還滴着水。沒有化妝的面顯得有點蒼白，然而身體卻散發着沐浴露的香氣。

「看甚麼啦？」妻發現我正定睛看她，「今晚不行，明天我上

早班。」

我甚麼也沒說。我是一個很體貼的丈夫。

入睡後,我夢見自己變成一隻鳥。我夢見自己的指間長出翠綠色的羽毛;羽毛漸漸延伸至雙臂、腋下、頸項、背後;我張開手,在窗前往下一跳——

然後鳥的叫聲讓我醒過來了。還有三個小時才到起床的時間。我慢慢坐起來,揉一揉太陽穴,然後重新躺下。醫生不是說過幻想有助睡眠嗎?眼下是一片青草地,高高的山上有一棵小小的橄欖樹⋯⋯

窗外的鳥鳴停下來了,許是口中叼了樹葉吧?

◆

過了兩天,我們又在電梯大堂相遇。

「早晨。」

妻白了我一眼。然而我依舊維持微笑。鳥先生望了我一眼,便又回過頭去。

這次,我們三人一起踏進電梯。和妻在巴士站分手後,我快步向地鐵站方向追上。我急步穿過大廈之間的後巷與公園中的林蔭;

風在腦後掠過，我覺得自己的身體愈來愈輕。

然而，一直追到地鐵站，周圍都只有與我一樣匆忙的行人。

之後的許多個晚上，晚飯時間過後，鳥先生都在公園中吹鳥哨。妻在客廳看電視；我走到窗前，揭開窗簾，對面的大廈燈火通明，十樓那戶人家的水晶燈發出琥珀色光芒。九樓、七樓和五樓在看同一個電視節目。大家都在平靜地生活。尖銳的鳴聲穿過各個窗戶，氫氣球似的飄上潮濕的半空。

終於有一晚，我趁着妻洗澡的時候，換上長褲、便鞋，悄悄地開門，溜到街上。鳥先生正坐在長椅上。綿密的雨無聲地打在地上，然而他看來並沒有沾濕。

我走近鳥先生的身旁。

「我以為只有貓才會在夜間聚會。」我嘗試打開話題。

鳥先生笑了一笑，但隨即又收起了笑容。

「這個……」我把手放近嘴邊，做了一個吹哨子的手勢。

「這個只是玩意。」鳥先生把鳥哨拿出來，隨意吹出了幾下鳥聲。一隻麻雀飛到長椅上。鳥先生隨即停止了哨聲。

「回去吧，」鳥先生揮一揮手，「下雨了。」

麻雀便飛走了。

「你想得太多了，」鳥先生說，「我並沒有甚麼神奇的法術。我不是鳥，我只是一個普通的獨居老人。」

在黑暗中，我彷彿看見鳥先生頭上的白髮習習地飛舞，如同爭着離巢的雛鳥。

「鳥的生活，比以前苦太多了。」鳥先生撫摸着鳥哨，「果實、蟲和樹已經被滅絕了，天空也被高樓佔據，航道被半途截斷了。玻璃幕牆讓不少鳥兒誤以為前面是通道，活活撞死了。鳥的生活比人的更艱難。」

我想不到任何回應的話。

「你也回去吧，」鳥先生又說，「雨愈下愈大了。你的太太在家中安睡吧？為甚麼不去陪她，而來和一個你不認識的孤獨老人說話呢？」

◆

我悄悄地打開家門，發現燈已熄掉了。妻的聲音從睡房中傳來。

「你往哪兒去了？」

「到便利店買香煙。」我隨口找了一個理由，然後換衣服，鑽進被窩。這時我才發現微雨的室外比室內冷多了。

妻沒有多問。她轉過身來，抱着我又睡了。

◆

在那之後，我再沒有碰見鳥先生了。有一晚，妻在看電視時，忽然說：

「聽聽。」

鳥鳴的聲音在窗外隱約響起，然而我分不清那是真正的鳥鳴還是鳥哨。

妻忽然走進房間。出來時，手裏拿着一枝鳥哨。

「在哪兒弄來的？」我裝作鎮定。

「巴士站，有一個老伯在擺賣，才十元一枝。」妻把鳥哨放進口中，發出清脆的響聲。她吹了一會，把哨子交給我。我試着吹，卻只有「呼呼」的吹氣聲。

「怎麼我吹不響？」

「不是吹不響，」妻的眼光又回到電視螢幕上，「鳥本來就有許多種，每一種都有不同的叫法，不是嗎？你怎知道沒有一種鳥是『呼呼』地叫的呢？」

我無話可說了。

使徒行傳

　　我時常在教會門外碰到那位長跑者——瘦小的、蒼白的臉，兩隻門牙暴露在空氣中；雙手不停往外撥，像溺水的河童。兩條腿像兩枝向外彎的竹枝，腳下一雙白布鞋；一面跑，一面四顧周圍，彷彿有誰在跟蹤他，又彷彿有誰在追趕他。每次，長跑者都由村口開始，經過公園、街市外、圖書館、體育館，來到基義堂門前，然後在公車站處折返，跑回頭路，以同一個跑姿，一圈又一圈。我從沒見過他停下來，也沒見過他臉紅喘氣。長跑者出現的時間不定：有時是主日早上，也有時是平日晚飯後。這些年來，他看上去都一模一樣，從沒顯老。

　　洛奇也喜歡跑步——他喜歡一切運動；還是神學生的時候，洛奇常常在教會外的空地與年輕人打籃球。可是如今的洛奇只能躺在

床上，隔着玻璃窗，看着外面的世界一點一點地變暗，最終完全漆黑。我常常想像洛奇的喪禮：那應該是寧靜的，小規模的，只二十來人，他的家人，最好的朋友，培寧堂與基義堂的牧者；幾個老教友充當詩班，也不唱喪禮詩歌，而挑那些讓人感恩、起勁的，例如這首：「奇異的愛，怎能如此，我主我神，竟為我死……」

在洛奇最後的日子，他一定常常哼着，想着這首歌——其實我不知道。身為基義堂的教友，我們竟沒有探望他的勇氣；而且，當我一而再、再而三地想像洛奇的喪禮時，我其實已當他死了。真實的情形是：現在的鍾牧師已回家度過最後的日子，他的肝癌已到末期，醫生建議他回家休息，多與家人相處，勝於再受各樣治療方法折騰。常識告訴我們：肝癌末期病人多是輕飄飄地躺在床上，像一塊沒有水分的枯葉，捲走它的不是上帝而是空氣。又或者，枯葉會忽然「咔嚓」一聲分成兩半，一半是我們熟悉的洛奇，另一半是鍾牧師。

我們所認識的洛奇早就死了。我們，包括我，都是兇手。

我一直叫他做洛奇。由他中六那年來到基義堂開始，直至他在基義堂領洗，成為主日學導師，神學生，傳道人，牧師，離開……我們一直叫他做洛奇。對了，就是史泰龍飾演的拳手，代表勇氣、拼搏，甚至道德的那個洛奇。電影中的史泰龍常常被對手打得頭破

血流，面腫嘴歪，鼻孔裏塞着棉花球。洛奇從沒跟別人打過架（至少我們沒見過），然而，不知怎的，我經常把史泰龍那個捱揍的樣子，與洛奇的笑面聯想在一起。

當鍾牧師還是洛奇的時候，他是青少年團契的團友。惠貞姊妹是中學老師，也是基義堂兒童詩班班長；她所任職的那間學校，校風不太壞也不算頂好，學生不算乖也不是很差；而洛奇，這個中六學生，就可說是優異生了：雖沒考過第一名，但各科都有中上成績，籃球隊隊長，和其他同學關係友好；老師經過走廊，其他同學都裝作看不見，只有洛奇主動說聲「早晨」，不卑不亢的──誰還能挑剔這樣的學生呢？

於是，惠貞姊妹便邀請洛奇返團契，而洛奇也一口答應了。星期六，大伙兒都去跟女孩子約會，到遊戲機中心打機，只有洛奇跟着老師返教會。我依然記得：那一天，惠貞的旁邊站着一個年輕人，很高，很瘦，皮膚黑黑的，一雙眼卻閃着光芒；穿着平價但乾淨筆挺的汗衫，牛仔褲，球鞋，手裏拿着幾本剛從圖書館借來的書。洛奇簡明扼要地介紹了自己，然後自行找個位置坐下來，接過團友遞給他的《聖經》，安心地聽別人分享生活，按指示打開《聖經》，讀金句，也一起祈禱。

雖然洛奇一時間還未掌握基督徒用的另一套語言（例如「保

守」不是解作「守舊」，而是「守護」；男教友不是「兄弟」，而是「弟兄」）；然而他很快就適應了教會生活，就像他生下來便是基督徒，只等待一間教會向他張開臂彎。除了周六返團契外，洛奇周日早上也上崇拜，同年聖誕領洗，正式成為基義堂教友。翌年，洛奇考進了本地中型大學的工程系。我們發現他改穿襯衣，都是一個顏色，一個牌子的——可能其實是同一件，但洗得很乾淨——深藍色牛仔褲，腳下一雙咖啡色的便鞋；如果那天崇拜後他要參加籃球隊的事工，那麼他便把襯衣改為圓領汗衣，穿球鞋，黑色背包改為運動品牌的背包。如果那天崇拜他要負責領詩，那麼牛仔褲便會變成深灰色西褲，咖啡色便鞋就變成黑色皮鞋。洛奇幹一切事情都有規有矩，有自己的秩序。唯一不會變的是那副銀框眼鏡。它一直掛在洛奇的臉上。

基義堂已多少年沒出過這樣的傑出青年了？正確地說，基義堂從來沒出過這樣的人才。這家小小的教會，只是隱匿在村屋、貨櫃車停車場與屋邨商場中間的混凝土房子；與其說是教堂，不如說是一塊灰色積木。二十年前，這裏只得十來個教友聚會；如今增加至百多人，已經很不容易；屯門區留不住年輕人；有能力的，都搬到市區去，留下來的多是長者、新移民。基義堂能做的，也就是定期探訪，送些米糧，一點小小的慈惠幫助。主日學是有的，但來者多數抱着託兒心態，把孩子放在教會，家長可以安心上茶樓，或是

買菜去。每年，在這些孩子和家長中，也有三兩個最後真心信主，成為教友，但大部分都是三朝打魚，兩日曬網。百多人的教會，當然不算甚麼，但對基義堂，和整個屯門區來說，已經是上帝的恩典了。青年教友本來就少；能循規蹈矩、考進大學的就更少了。每個主日，洛奇都在崇拜前獨自在活動室中靈修，有時會唱起詩歌，有時會閉目默禱。我們這班長老啊，本來打算在活動室開會的，也就另覓地點。我們從門外往內一望，然後轉過身對等候上課的主日學學生說：「你們都要學習洛奇哥哥。」

當洛奇大學二年級，向牧師表示受到呼召，提出轉讀神學時，大家都喜出望外又順理成章地高興起來了。然而，我們要說服一個人：洛奇的母親是個苦命的女人；她嫁來香港才兩年，丈夫就病死了，那年洛奇才五歲。鍾伯母也不改嫁，咬實牙根把獨子撫養成人，自然是希望他學有所成，將來當個律師、醫生，兩母子過些順心日子，再也想不到兒子要去讀甚麼神學——七十二行中有牧師的嗎？有沒有薪水？

為此，兩母子已不大不小地爭執過幾次了。老牧師知道了，便帶同我們這班長老，帶着水果、糖果、曲奇餅，親自拜訪鍾家。平靜的公屋午後忽然來了一大群鬧哄哄的人，連住對面的婆婆都打開大門看個究竟。這個屯門公共屋邨的小單位，與一切公屋單位無異：三百呎的房間，灰色膠地板，白色的牆身油漆斑駁，牆上的時

鐘積滿灰塵；幾張生鏽的摺椅放在客廳中間，客人來了自己挑一張坐下；三夾板間成兩間房，衣物堆滿一床。打從丈夫過身後，鍾伯母的生活只有「到超市收銀」和「照顧兒子」兩件事，沒社交應酬，也沒甚麼朋友；一時間面對這五六個素未謀面、衣著齊整、笑容可掬、熱情親切、像拜年一樣帶來一堆禮物的人，趕着喊「鍾伯母，鍾伯母」，她實在有點不知所措——家裏亂得不像話，連客用的水杯都沒有。然而來者並不介意：我們輪流稱讚她持家有道，是個賢德的婦人；教會是何等看重她的兒子，將來必定聘請他在教會工作……鍾伯母沒甚麼插話的餘地，也就答允了讓兒子進神學院。

然後，老牧師主動向慈惠部建議資助洛奇全數學費，並在崇拜中舉行了差遣禮。那一天，來崇拜的人似乎特別多，鍾伯母也來了，洛奇的幾個大學同學也來了。余綺麗姑娘領着會眾唱了〈你是我神〉和〈我要向高山舉目〉，之後老牧師就按手在洛奇的頭上：

「你要為信仰打那美好的仗；要持定永生，你為此被召，也已經在許多見證人面前作了那美好的見證……要守這命令，毫不玷污，無可指責，直到我們的主耶穌基督顯現。」

儀式結束，散堂的時候，長老明哥站在教堂門口，跟每一個人握手，對每一個人說：「教會要復興了！」

我們都如此相信。踏出會堂，周日的清晨彷彿才剛開始；路人

多是上年紀的，男的雙手捲起一份報紙放在背後，緩緩地往茶樓的方向走；女的挽着三四個超市背心袋，裏面是家人的糧食，蔬果、魚肉、圓滾滾的橙擠在一起。遠處，幾個沒人看顧的孩童，穿着寬大的洗褪了色的上衣，領口早走了樣，露出瘦小的肩膀，腳上踢着膠拖鞋，在滑梯、鞦韆、搖搖板上攀爬穿插，互相追逐，不知為甚麼而爭執。世人都在為口腹之慾奔波勞碌，為爭奪些甚麼而煩惱，卻不知天上有靈糧活水等待着他們。啊！莊稼已經成熟，只等待收割的人！

洛奇在全體聖品、會友的祝福下，成為一個全日制神學生了。從此之後，洛奇依舊是襯衣牛仔褲，不過臂彎裏多了一本《聖經》，封面用紅色皮套包着，用金色拉鍊拉上，拉鍊扣上掛着一個小小的金色十字架。是老牧師送的禮物。我們的關係是這樣密切；我們曾是一家人——同一個教會就是一家人。大家看着洛奇長大，成才。如果洛奇能康復，回到基義堂探望我們，我們也許會扭他的臉蛋，摸他的頭，而他也會乖乖地不作一聲，任由我們撫弄。

神學院第二年，洛奇開始在主持查經班，在團契內講道。星期五的晚上，大家下班後從中環、尖沙咀、九龍灣等地趕回屯門，遠遠看見神學生洛奇穿着西裝，在寒風中站在小學門外等待，像一個穿着冬季校服的高中生。弟兄姊妹匆匆把吃了一半的麵包塞進口袋中，與洛奇握手，進內開始這個星期的團契。冬夜的屋邨，遊樂場

上只有鞦韆投在地上的陰影，混凝土房子內的燈卻在夜色中透亮；路過的行人如果放慢腳步，便可聽到一把雄壯、低沉的聲音：

「現在的苦楚，若比起將來要顯示給我們的榮耀，是不足介意的。……我們得救是在於盼望；可是看得見的盼望就不是盼望。」

風在窗外吹過；風隨自己的意思吹。小房間內卻是火熱的。

青年團契在洛奇主持下，的確有一番新氣象，一切都有條有理，有規有矩。每三個月查一卷經課，一年就看完四福音了；每兩個星期往其中一位團友的家探訪，向他的家人傳福音。每兩個月一次街頭派福音單張，每半年一次工作檢討，每年預備年度計劃，交由牧師審閱。團友有了明確目標，也就積極起來；其他如婦女部、聖樂部、主日學，甚至長者團契等，也紛紛效法。難得的是，雖然洛奇做了這些改革，他的為人依舊是謙遜的；周日早上，洛奇從家裏騎單車回教會，在單車上向沿路碰見的教友揮手，把他們嚇一跳，然後笑呵呵地遠去。我們這班長老從教會辦公室的窗往外望，看見洛奇的單車輕巧地擦過兩個長者的肩膀，溜到門前。教會補習班的一個小姑娘追上來，把手裏的成績表遞上。洛奇得意地笑起來，拍拍她的頭，然後走到姑娘母親的面前，一起禱告謝恩。

周日的太陽，像慈愛的父親，把鄉郊的、小小的基義堂抱在懷中。為了這樣的天氣，我們就當感恩了，洛奇說。

◆

　　大家當然可以理解，洛奇神學畢業後，馬上就獲聘為基義堂傳道人了。老牧師已經六十七歲，早該退休了；等的，就是一個可靠的接班人，而現在終於等到了。我們的洛奇成為傳道人，老牧師比誰都高興。更令人意料之外又早已盼望的是，洛奇畢業那年，跟一位與之相當匹配的姊妹結婚了。淑儀姊妹人如其名，你一眼就能看出她是主忠心賢惠的婢女。二人是神學院的同學，為了洛奇的緣故，淑儀姊妹放棄了另一家教會的職位，每個周末義務替洛奇打點瑣事。洛奇在台上講道，淑儀姊妹就在台下做筆記，要不就靜靜地坐在後排當會眾。

　　「崇拜是不容許失誤的。『人在小事上忠心，在大事上也忠心』，不然如何作見證呢？」

　　那一次，洛奇負責講道，咪高峰卻失靈了。散會後，我們仍在教堂裏彼此問安，聽到洛奇跟淑儀姊妹這樣說。我們都裝作聽不見，不把頭轉過去。

◆

　　既在母會侍奉，身邊又有一位賢內助，洛奇理應感謝上帝——他也的確常常感謝上帝，然而，我們都知道，洛奇最感遺憾的，就是他的母親始終未接受主的福音。當然，鍾伯母也參加基義堂的崇

拜;長者團契邀請她,她也到過;然而,若問鍾伯母是否接受救主基督?她卻腼腆着說:「番鬼佬的東西我不懂。」她不過是以一個母親憐惜兒子的心情,每個周日來捧場。崇拜後,大家圍着她,向她問安,握着她瘦小乾燥的手,問她早飯吃過甚麼,又是甚麼時候吃午飯。鍾伯母嘴裏答應着,眼睛卻到處瞄,尋找淑儀姊妹的身影(洛奇通常都忙着問候其他教友)。一旦找着了,鍾伯母便拖着媳婦的手,像人海裏抓着救生圈,匆匆離去。

這當然讓洛奇很失望了。有一年的母親節,婦女部搞聚餐,也邀請了洛奇母子。飯吃到一半,洛奇拿出一份禮物來:

「媽,你看看,喜歡嗎?」

鍾伯母打開來一看:是一件紫色毛衣,看上去柔軟輕巧。林師奶馬上就說:「哎呀,看你的兒子多孝順,鍾伯母你快穿上看看。」

洛奇把毛衣遞到母親面前。鍾伯母笑着,摸了摸衣裳:「這種顏色,我都一把年紀了,是不是太威風呢?」

「怕甚麼?」林師奶又說,「兒子買給你的,五顏六色也不怕!我想要,也沒有人送!」

「你的兒子昨天才跟你飲茶,大家都碰見的,林師奶你還想怎麼樣啊?」

「你只看見他跟我飲茶，看不見是我結帳啊！」

大家都哄堂大笑起來了。洛奇也笑着說：「媽，你看大家多高興，你就穿上身試試看嘛。」

「那⋯⋯不如回家再穿吧。」

「為甚麼呢？」洛奇再問。

「我⋯⋯我不慣穿這種顏色。」的確，鍾伯母身上那件，是一件灰色的開胸毛衣，路邊攤上最常見的那種。

「試試看嘛，」淑儀姊妹在旁幫腔，「洛奇一心給你買的呢。」

「對。」洛奇把毛衣披在母親身上，「試試看。」

「還是不要啦⋯⋯」鍾伯母推開兒子的手。

「給大家看看嘛。」洛奇又把毛衣搭在母親肩上。

「我⋯⋯我不慣呀！」鍾伯母急了，一手把衣裳拉下來，不小心打翻了醬油碟，醬油濺到毛衣上了。

「哎呀，快到廁所沖一沖，不然洗不掉了。」林師奶說着，淑儀急忙接過毛衣，衝到洗手間去。鍾伯母抱怨起來：

「我早說過回家才穿，你看，如今衣裳沒上身，倒弄髒了！」

洛奇的臉緊繃起來，我們也就低下頭，努力把這頓母親節午飯吃完。

　　我們很能理解洛奇的心情：他是教會領袖，母親卻仍在罪惡裏浮沉，怎向弟兄姊妹交代呢？不久之後，每個主日的全堂禱告事項中，便多加了一項「為教友未信的家人祈禱，求主早日讓他們的靈魂得救」。每唸到此處，我們便緊閉眼睛，為自己的家人，也為洛奇一家禱告。

　　我們再次見到鍾伯母展露歡顏，應該是半年後，老牧師親自在講壇上宣佈要按立洛奇為牧師之時了。不但是鍾伯母，連全堂的教友都高興起來──等了二十多年，基義堂終於有人當上牧師了！大家都自動請纓，接下佈置、餐飲、詩班、司琴等工作，決意要把按立的典禮搞得有聲有色，莊嚴隆重。只是，上帝的安排實在出人意料；按牧前的一個月，有一天，洛奇在教會開了整天的會，回到家裏才發現母親昏倒地上，急忙召救護車，卻已經太遲了。至今我們仍記得那晚的場景：眾人趕到醫院，手拉着手，在老牧師帶領下，在病房門外切切禱告；洛奇仍笑着說：「沒事的，上帝一定保守母親。」可是，人的信心並沒法讓上帝回心轉意。醫生證實鍾伯母撒手塵寰的那一刻，洛奇臉色一變，仍勉強笑着：「不可能，醫生，你再檢查清楚。」醫生咳了一聲，把消息再說一遍，洛奇就跑到外面去了。淑儀與輝哥追出去，卻已不見蹤影。

那個晚上，淑儀回家等待，而我們幾乎走遍了屯門區所有公園、便利店、通宵營業的快餐店……清晨五時，淑儀來電：洛奇回家了，一言不發，倒頭大睡。當日早上十時，洛奇回到教會，笑着跟大家打招呼，然後把自己關在辦公室裏。我們想問他昨夜哪裏去了，然而不知道怎樣開口。

縱然鍾伯母一生並未決志，老牧師還是向洛奇建議讓詩班到喪禮上獻唱，卻被洛奇拒絕了。

「為甚麼呢？」老牧師說，「伯母雖未信主，但主的恩典卻是豐盛的……況且你在基義堂已這些年……」

「母親未信主，就不是基督徒，沒資格舉行安息禮。」洛奇斬釘截鐵，「不要因為我的緣故失了見證。」

鍾伯母生前朋友不多，坐滿了靈堂的來客，大多是因為洛奇而來的。堂的正中央放了鍾伯母笑容可掬的照片，四周圍着滿滿的盛放的白玫瑰、白百合、白馬蹄蘭等，在空調的強風下顫動。二十頁彩色印刷的場刊，刊登了許多鍾伯母與洛奇的合照，每一張照片旁邊都有說明日期、年份、場地的文字。喪禮沒有任何宗教儀式，洛奇本人負責追述先人的生平：

「鍾蔡帶玉女士一生最感遺憾的，就是沒來得及領受主基督的恩典，」洛奇站在咪高峰前，忽然閉起眼睛，舉起手，「所以，在

座當中，有哪一位希望得到基督的救恩，死後可以在天家得享永生的話，就在這一刻舉起手，讓主耶穌基督進入你的內心吧！」

我們從沒聽過有人在喪禮上讓人決志的——不過，洛奇的冷靜堅強，還是讓人感到很欣慰。

想不到的是，一個月後，按立牧師禮那一天，洛奇——不，當時已是鍾牧師——卻出了狀況。當主教把手放在他的頭上，宣佈他正式成為牧師時，洛奇——鍾牧師——跪在主教面前的背影輕微地抽動起來；莊嚴肅穆的空氣中，忽然多了嗚咽之聲。我們都以為自己聽錯了；到知道那是鍾牧師的哭聲時，兩旁的侍從已把這個新生如嬰兒的牧師扶起。一眾會友，包括主教，等待鍾牧師平復下來，按原定程序講道；這一等，卻幾乎有十分鐘之久。沒有人作聲，沒有人離開。

無論如何，洛奇還是按立了，搬到牧宅。雖然他再三說用不着更改稱呼，我們這群看着他成長的教友，在眾人面前還是按禮儀喚他為「鍾牧師」——老牧師已向教區申請翌年退休，洛奇將成為教會的領袖；名正，言順，而我們是識趣的人。我們在某個主日崇拜完結後，一起到鍾牧師的新居探訪。淑儀——鍾師母——給我們開門：新的家具，新的裝飾，新的主人……一切與那個屯門公屋單位大不同了。三座位的沙發，六人用的餐桌；菲傭遞上香茶，洛奇穿

上襯衣，西褲，領帶，架上新眼鏡。他身後的牆壁掛了兩幅畫，一幅是與鍾伯母一起拍的家庭照，一幅是金句字畫：「舊事已過，一切都成為新了。」

基義堂按着鍾牧師的計劃，一步一步地奮興起來了。本來只有傳統詩班，又添置結他、爵士鼓等樂器，搞青年敬拜隊；中秋節假期全堂三日兩晚退修；平安夜燭光崇拜變為佈道會，每個教友至少要帶一個未信主的朋友參加。以往，主日崇拜過後，大家閒聊幾句就散了，如今，整個主日都是人頭湧湧，開會，練詩，上課，聽講座……這一年的聖誕，領洗的人數竟由以往的三兩個，增加至十多個；奉獻自然也多了。

「主日學預算全年八萬元……是不是太多了一點呢？」年初的執事會上，煒成拿着全年財政預算，問。

「本年主日學得到很多家長支持，這八萬元當中，有五萬元是定安夫婦奉獻的，他們指定用在主日學上。」永生答。

「哦……一年內把錢都用光嗎？」

「其實……是一次過用光，」永生解釋，「定安說，今年暑假他們一家三口會到澳洲參加野生動物觀賞團，想邀請幾個主日學學生同去。」

「真闊綽。」煒成咋舌。

「闊綽是闊綽，但也只能算是定安夫婦的私人邀請，怎麼算在奉獻上呢？」輝哥脫下老花銀鏡，眼睛頓時變細小了。

「因為……」永生望向鍾牧師，牧師卻只管低下頭來看文件，只得自己解釋，「定安夫婦希望由主日學部來挑選同行的學生，因為他們不知道哪一個聽話乖巧……定安倒也交代過，不必讓其他人知道這筆錢是他們拿出來……」

「弟兄姊妹奉獻，是好的，」輝哥也望向鍾牧師，「可是，奉獻了，不代表可以代教會決定活動，更加不可以用錢來給自己的孩子聘請玩伴。」

「輝哥言重了，」鍾牧師終於抬起頭來，微笑道：「定安他們並沒有這個意思。他們純粹讓主日學的孩子也見識見識而已。」

「定定定安夫婦我也認識，我我我想，他們是好好好意的，」明哥開口了，露出前排的幾個黑洞。他最近掉了幾顆牙齒，正排期裝假牙，說話也結結巴巴起來。「不不過，輝輝輝哥也也也有道理。主日學是是是教會的，應該由負負負責的弟兄姊妹決決決定全全全年活動和和和預算，而而而不是由奉獻人決決決定。」

「定安夫婦答應了，如果今年活動成功，會考慮成立一個基金，每年讓主日學內家貧的孩子跟他們一家出外觀光遊學，」鍾牧師托一托眼鏡；那黝黑的手背掠過瘦削的臉龐時，更顯得襯衣衣領

潔白筆挺，「大家都知道，屯門區的孩子，許多連中環也沒到過，哪有能力往外國見聞呢？我認為定安夫婦對教會很熱心，想得十分周到，也就答應了。」

會議室頓時沉默起來。永生拿出手帕來擦汗。過了一會，輝哥說：「既然牧師已答應了，那我也沒異議了。」

「謝謝你的意見，輝哥，」鍾牧師誠懇地向輝哥點點頭，然後繼續，「說到奉獻，基義堂建堂以來就沒修葺過，十多年都是老模樣，年輕人都跑到外面去了。感謝主，今年奉獻增加，我們可以重建教會，讓主的殿在屯門區中顯得光輝。」

「可可是，奉獻雖然多了，也未多到可以花錢裝修的地步……」明哥說。

「我們應該對主的供應有信心，」鍾牧師看着明哥的眼睛，「踏出信心的一步，之後自然有供給。」

「這這這……」明哥皺起眉頭，「不是有沒有信心的問題……」

「那是甚麼問題呢？」鍾牧師和顏悅色。

「沒沒沒甚麼。」明哥答。

兩個星期後，三個裝修方案已張貼在會堂的報告板上，讓教友

挑選其中一個。其中兩個方案把露台改作室內用途，變為嬰孩房；另一個方案則把教堂的大門向前移，移到原本是前院的地方。

「那上面，寫些甚麼？」林師奶拉着剛上完主日學的曦曦，問。

「新的木製大門高約三米，門前加建石級，讓進堂的教友感受到上帝的威嚴；設立嬰孩房，讓婦女在內裏看管孩子，教友便可安心崇拜。」曦曦把照片旁邊的說明逐字讀出。

「婦女嗎？那……我也要到嬰孩房去嗎？」林師奶又問。

「我不知道呀，」曦曦答，「不過，陳師奶更麻煩，她坐輪椅呢，以後要從後門出入。」

「哦……」林師奶托了托老花眼鏡，還想再問，曦曦已經走了，趕到兒童詩班練習。聖誕快到了，兒童詩班要到街頭報佳音。她匆匆趕到詩班房，歌聲已從遠處飄起：

「主帶着羊群在安躺草場中，我原是上主一隻小白羊休歇在河畔我真快樂和飽足，因有主看顧……」

曦曦知道自己遲到了，一會兒得捱詩班長的罵。光管的白光照在狹窄的走廊上；曦曦覺得自己像一隻迷路的麻雀，被強光照着，照得失去方向，不知該往哪裏飛。她定一定神，終於發現詩班房就

在前面，便推門內進。如她所料，練習已經開始了。詩班長惠貞倒沒理會她。於是曦曦站在一旁，等這首歌唱完了，才加入隊伍中。

「你怎麼又遲到了？」惠貞轉過頭來，對曦曦說，「詩班是頌讚主的團隊，怎可以隨意遲到早退？」

「我……因為主日學那邊遲了下課……」

惠貞聽說「主日學」三字，也就不再說甚麼。主日學是永生負責的；惠貞已跟他提過，主日學得準時下課，否則接下來的兒童詩班無法準時開始。然而永生說：

「今年主日學改用英文上課，學生有時聽不懂，我得重複好幾遍，耽誤了時間，我也沒辦法啊，有些同學追不上，放學後我還得用廣東話跟他們解釋一遍。」

惠貞知道永生說的是真話，也沒法生氣。況且，弟兄姊妹在會堂裏吵架，實在不成體統。眼前的曦曦低下頭，眼睛卻往上瞄，偷看惠貞的表情。惠貞索性說：

「那麼，你專心上主日學吧，別再來兒童詩班了。」

說畢，惠貞又轉過身去，開始練習另一首歌。曦曦站在原地，抽抽噎噎起來。

「曦曦，我沒有責怪你的意思，」惠貞只得又停下來，「如果

兼顧不來，就只能揀一樣，是嗎？別哭了，去洗洗臉，好嗎？」

豈料曦曦聽完，索性嚎啕大哭起來，轉身離去。其他孩子面面相覷，不敢作聲，卻也無心唱詩了。這一天的兒童詩班練習，就在大家都沒精打采的情況下結束。惠貞剛步出詩班房，就在走廊碰見曦曦的母親美娟。美娟是新加入的教友，今年復活節兩母女一起領洗。惠貞跟美娟不算相熟，但我們這些旁觀者，也感覺到美娟是衝着惠貞來的。

「惠貞姊妹，」美娟的語氣比想像中客氣，「是不是曦曦不聽話，唱得不好呢？」

「這個⋯⋯也不是，」惠貞只好如實說明，「因為她要上主日學，趕不及來練習⋯⋯」

「可是，我想讓曦曦在教會多練習，我打算讓曦曦下學期加入學校的合唱團，」美娟臉上掛着微笑，眉頭卻皺起來，「你也知道，要考上好中學，小朋友得參加一些課外活動⋯⋯。」

惠貞一時想不到怎樣回應。美娟見她不語，又說：

「中學申請表上，我會填上曦曦在教會的活動。大家知道惠貞姊妹很認真地教導孩子嘛，陳太、黃太她們讚你是個好老師──我是說，展鵬的媽媽和頌恩的媽媽。我們的孩子都打算申請教區在九龍區的中學，把基義堂的活動填上準沒錯。」

「哦……原來兒童詩班任重道遠呢。」惠貞苦笑。

「對啊，」美娟連連點頭，「所以，惠貞姊妹，可否通融一下，就讓曦曦遲十分鐘來吧，我也會跟主日學導師談談，讓他早點放曦曦走。」

惠貞只好答應了美娟。過了不久，展鵬和頌恩的母親，還有別的媽媽們也作出同樣要求了。

「我當兒童詩班長十多年了，見過的家長也不算少，」惠貞在茶餐廳，拌勻眼前的奶茶，卻沒有喝，「我實在不知道怎樣應付這班新來的媽媽。說起來，那時還是我帶着約書亞團，到小學門口派單張，邀請她們返教會呢。」

「她們大多是隔鄰新屋苑的住客，」輝哥說，「那個甚麼『豪庭』……」

「是『貴族豪庭』。」志義看看四周，再說：「家庭團契之前去過兩、三次宿營，也是她們搞的。」

「這麼說來，我應該高興才是，」惠貞拿起茶杯，嘆了口氣，「多麼能幹的一班姊妹。」

「你那次讓曦曦退出兒童詩班，她們之後在團契裏也有說起，」志義壓低聲音，「我明白你是不想孩子當磨心，可是做父母

的不一定這樣想。那次團契淑儀師母也在呢。」

「我也有我的委屈，跟誰說去？」惠貞有點激動，「只怕洛奇對我也誤會。我得找他說說去。」

「我勸你算了吧，」輝哥搖搖頭，「是非只有愈說愈多，沒有愈說愈少的。況且洛奇太忙了，開會、寫論文，下個月門徒訓練計劃又開始了，聽辦公室的同工說，牧師早上八點就回到辦公室，不到晚上九時是不走的。我還擔心他忙出病來呢。」

「輝輝輝哥說得對，太多爭辯只怕失失失了見證。」明哥笑了一笑，又露出前排的牙洞，「我我我們這些老人家，實在沒沒沒有年輕一輩那那那種魄力與幹勁。我也認老了。」

惠貞無言以對。事實上，當時的我們，沒有一個人聽得懂明哥的話。

◆

基義堂的裝修工程，就在這些低語中開始了。才不過是三天時間，棗紅色的摺椅、柚木地板、斑駁的白牆、電光管……逐件逐件在林師奶眼前消失。這兩天，她在往接孫兒放學的途上，特地繞到這裏，要看看新的工程要把教堂變成甚麼模樣。林師奶站在那裏，看工人在教堂內走來走去，忙這忙那，一雙雙佈滿灰塵和油漆的布鞋在聖壇上來回踩。然而那已經不是聖壇了；舊的十字架早搬進儲

物室，新的尚未做好，那兒不過是一個台階。工人拿來大鐵鎚，運勁一揮，「嘭」的一聲，林師奶曾下跪低頭的地方，剎那裂成粉碎。

之後，鋪地板，上漆，一片混亂，林師奶再沒去看。往後的日子，大家就在社區會堂中崇拜，照樣禱告、聽道，上台領聖餐。鍾牧師的講道愈來愈成熟，愈來愈專業。他知道何時抑揚頓挫，何時嚴辭厲色，何時慈顏柔聲。講台下的會眾隨着他的聲線時而膽怯，時而激昂。散堂後，鍾牧師在門前一一與會眾握手，向他們問安，接受他們的讚美。

「新的會堂快將落成。到時，我們可以召聚更多迷失的羊。地上一個人得救，天上的眾天軍天使都要齊聲讚美！感謝主！」

正如鍾牧師所說，不到三個月的時間，新的會堂就像迦南地一樣，出現在會眾眼前了。鍾牧師左手拉着老牧師，右手拉着林師奶，三人走在前面，我們這群長老，其他教友，教會幹事等跟在後面。淑儀師母的低跟鞋敲在新鋪的瓷磚地上，每一步都發出「咯咯」聲；新的奶油色長木椅；米白色的牆，一排排黃色的小小的射燈，謙遜又準確地射向新的、金屬製的十字架。新漆的牆隱約散發出嗆鼻的氣味。陽光穿過玻璃窗，照出室內飛揚的塵埃；它們隨着眾人的腳步起舞，彷彿要一起慶祝新堂落成。

「我們要搞一個獻堂禮，讓所有人都知道基義堂是上主的榮耀。」不知是誰，在後面的人群中大聲說。

洛奇微笑着，向老牧師說：「你說，這個主意，好不好？」

老牧師沒有朝洛奇的方向看。他只撫摸着新的發光的椅背，雙眼望向十架。

獻堂禮那天，除了教區代表、老牧師和一眾教友外，還來了一些出乎我們意料之外的嘉賓，譬如說，教區九龍塘區小學校長，民政事務處代表，還有一個薄有名氣的福音歌手。這位歌手還在儀式上作見證：沒有上帝，就沒有今天的她，可是我們從來沒有見過她在基義堂出現。她又唱了兩首歌。

「這是怎麼回事呢？」林師奶問，「這個人是誰？」

「我我我也不太清楚……」明哥說，「不不不過……她說的也沒甚麼大大大錯就是了。」

崇拜完成後，家長教友圍在小學校長身邊，年輕人找歌星簽名、合照。氣氛果然熱鬧。這次獻堂禮實在沒甚麼可挑剔的。洛奇站在門口，笑容可掬地跟離開的人握手道別。一切都圓滿進行。我們沒甚麼參與意見的需要。步出全新的基義堂，市政工人正在門外公園的花圃替換盆栽。舊的、不合時令的植物被搬走，種上新的、盛放的花卉；那裏，曾經放過幾張石椅、一張石几，上面刻有棋

盤，如今已不留痕跡。這個城市原本就變化萬千，容不得人停留。

◆

半年後，在那個主日的執事會中，大家發現明哥的座位空了，以為他只是無暇出席。豈料，會議快要結束，大家悄悄商議往哪裏午膳時，鍾牧師忽然說：

「明哥上星期向我交了辭職信，辭去執委會主席的職位。我已經接納了。」

交頭接耳的聲音突然消失，只剩下冷空氣從空調中「呼呼」噴出，幾條綁在上面的彩色紙條向着白色的光管飛舞，卻無法掙脫另一端的蝴蝶結。

「沒其他事的話，今天可以散會了。」鍾牧師話聲剛落，惠貞便說：

「明哥為甚麼辭職？牧師得交代清楚。」

鍾牧師放下手上的文件夾，緩緩地說：「明哥說，他年紀大了，無法兼顧。既然是健康理由，我也不勉強挽留了。」

「據我所知，明哥並沒有甚麼病痛，」惠貞把話說得很快，「我看他健康得很。」

「那麼，惠貞姊妹，」鍾牧師脫下眼鏡，「你有甚麼看法？」

惠貞沉默地，看着自己握着原子筆的手。忽然，她站起來：

「我也辭職了。謝謝大家一直以來的關照。」

之後，三、四位執事也默默無聲地站起來，跟惠貞一同離去。會議室的座位忽然空出了一半。剩下來的，目送他們的背影離去，一時間說不出話來。

「啪」的一聲，惠貞關上了會議室的大門，把其他人丟在室內。這時，一直抿着雙唇的鍾牧師，忽然微笑起來：

「主派給我們的職份，不能自己決定要不要幹。我們是主的僕人，應當憑信心侍奉，不是憑自己的意願。」

說完，鍾牧師便站起來，轉身離去。身旁的麗金連忙把幾乎被撞跌的椅子扶好。

◆

明哥惠貞等人辭職一事，不出一星期便傳遍了整個教會——他們二人，還有當日一起離場的幾位執事，在教會的其他侍奉也停止了。保羅團和約拿團的團友，周六回教會聚會時，忽然發現導師已換了人。兒童詩班由淑儀接管。查經、禱告、分享，一切如舊，然而這一天的團契，不到一小時便結束了。踏出基義堂門口，大家依

然聚在一起，卻想不出往哪兒去。最後輝哥說：不如喝杯咖啡。眾人便走進眼前的一間茶餐廳。

「明哥呢？」侍應還沒過來，已有人急着問了。

「我打過電話給他。他說，星期六要到安老院當義工，沒法返團契了。」輝哥答，「其餘的，我也不清楚。」

「這，不是他離開的原因吧？」永生插話，「還有惠貞，難道也當義工去嗎？我聽說，上次執事會，好些人跟牧師鬧翻了？」

「鬧翻？」林師奶倒抽一口涼氣，「明哥看着鍾牧師長大啊，怎麼會鬧翻？」

「永生別亂講，」輝哥皺起眉頭，「也說不上是鬧翻。是明哥自己辭職的。既然當事人不願講，旁人也不要亂估。」

永生沉默了一會，又忍不住道：「其實，我也覺得牧師……我是說……英文主日學，我其實教不來……跟牧師說過，他說，那是我信心不夠……」

「我真懷念老牧師的時代啊，」林師奶擦擦眼睛，「那時基義堂雖然人少，卻是大家說說笑笑的。」

「鍾牧師也是為了基義堂的發展……」輝哥搖搖頭，「他也沒錯……上任以來，牧師事事親力親為，瘦多了。」

「我早看出，明哥跟牧師合不來。」永生拿茶匙，在奶茶裏攪了幾下，卻沒有舉杯，「有一次，就我們兩個人，我問明哥為甚麼不跟牧師開心見誠談談，總勝於放在心裏。明哥說，當面講，只怕會傷和氣。」

「可是現在不也傷了和氣嗎？連惠貞他們也走了。」玉萍說。

「明哥倒是估不到惠貞也走，」輝哥搖搖頭，「惠貞一向硬性子。」

「我們不可以讓明哥惠貞就這樣離開，」煒成看着永生，「他們連侍奉也被停了。如果不搞清楚，其他教友會認為，是因為明哥他們做錯事。」

「只怕愈說愈亂。」輝哥打斷煒成的話，「明哥以前也說了，是非只會愈說愈多的。」

「也不只是為明哥……」玉萍忽然哽咽起來，「基義堂，以前不是這樣的……」

我坐在一旁，一直沉默。其實，明哥離開前的一個星期，我無意中聽到他跟輝哥提起辭職一事。當時，輝哥也問過同一個問題：為甚麼不跟洛奇開心見誠談談呢？明哥的答案一模一樣：我不想傷和氣。

　　如果那一天，輝哥說服了明哥，讓他和鍾牧師談談，後來發生的事會否不一樣？我不知道。離開茶餐廳，我再次碰見那位長跑者。他依然穿着那件上衣，那條短褲，一樣的步姿，瞪大眼睛回頭看，好像後面有人在追他，然後掠過我們眼前。只是，那是一個冬日的黃昏，氣溫只有十度；陽光穿過厚厚的雲層，早已過濾成藍灰色了，僅夠讓我們看清周遭的景物，卻不夠讓我們溫暖。

　　之後的團契，崇拜，也是風平浪靜。初春三月，一個微涼的主日，我踏進基義堂，只見門口的告示板上貼着一張簽名表格：

　　「要求王志明、梁惠貞等人重返基義堂執委會」

　　下面是滿滿的簽名。

　　我站在原地，無法挪開腳步。背後忽然傳來聲音：

　　「說不定，是明哥使個方法，逼牧師下台呢。」

　　我立即轉過頭去，要看看說這話的是誰，卻發現自己並不認識他。他大概被我的表情嚇了一跳，往後一退，匆匆走開，拉着另一個人，竊竊私語。我又望向禮堂門口，好幾個人在那裏圍成一圈，圈內站着的，是老牧師。林師奶拉着老牧師的手，搖着頭，甚麼也沒有說。

　　風琴聲響起，詩班緩緩進場，空氣中蕩漾隱約的焦躁，彷彿

那只是咪高峰失靈傳來的雜音。這天鍾牧師講道，題目是「為主受罪」：

「為主受罪的人是有福的。受愈多的逼迫，我們愈應該感到光榮。看啊！遍地都是被魔鬼捆綁的人！弟兄姊妹們，我們是主的精兵，奉命在世俗裏爭戰，搶救失喪的靈魂！」

鍾牧師緊握着拳，往胸口用力搥，看得我們心驚——的確，鍾牧師最擅長講道；每一次，在講台上，他的語氣，他的表情，他的動作，都牽動着我們的心。此刻，整個基義堂像一個巨大的氣球，不斷地膨脹、膨脹，快要炸開來似的，而我們只能屏着氣息，等待「嘭」的一聲爆炸。

「在講道結束之前，我要向大家宣佈一件事，」鍾牧師忽然低下頭來，緩緩地，搖着頭，彷彿他也不相信自己將要說的話。

「今天，是我在基義堂侍奉的最後一天。」

台下傳來「嘩」的一聲，然而鍾牧師的話尚未說完：

「我是被逼走的⋯⋯」

那一刻，我看見些甚麼呢？我看見洛奇戴着眼鏡，手裏拿着書，站在惠貞身旁，初次來到教會的模樣。那已經是十年前的事了。時間以殘酷的方式洗淨一切人的幻想、希望、奢求。

◆

「信徒看哪，萬世戰爭已臨我們時代，無數軍兵，攜械披甲，集合嚴陣以待；

你是否為忠勇戰士，站在信徒隊中？是否立誓向祂盡忠？是否剛強奮勇？

看這世界目前景象，正沉淪在罪中，主大使命長久以來無人注意遵從；

現在請看神國兒女，攜手同心合意，勇往直前努力爭戰，要搶救這美地。

神的教會正在醒起，熱心傳揚真理，看她已在祭壇獻上佳美珍貴活祭；

寶貴光陰瞬即過去，世界終局將臨，事主機會快將消逝，現在趁時救人。

是否你見此異象？是否你心激動？是否你聽主呼召？是否你願聽從？

萬世戰爭已經來臨，《聖經》預言已經明載，戰爭狂濤臨到我們，臨到我們時代！」

講道過後，兒童詩班獻唱，唱的是這首〈萬世戰爭〉。一張張粉嫩的臉，張着圓圓的嘴巴，抬起頭，恍如一頭頭待哺的雛鳥，向着空氣飢渴地呼叫。這首歌，我已聽過無數次了，卻沒有一次感到如此戰戰兢兢，彷彿眼前就有一個戰場，而我們在歌聲中被炸成炮灰。

　　後面傳來女士飲泣的聲音，但那不是淑儀。淑儀坐在我前面的斜方。她的側面沒有表情。

　　沒有歡送會，沒有一聲「再見」，洛奇離開了基義堂，離開了我們。

　　之後，斷斷續續地，我們知道洛奇的消息：他和淑儀到了荔枝角區的培寧堂侍奉；我們也在各種佈道會、宣教團和講座消息中，見到洛奇的名字。至於基義堂，有好一段時間，牧師的位置出缺；老牧師婉拒了我們的邀請，只介紹了一位傳道人來；明哥知道了傳言，索性連崇拜也不回來。執委會重新選舉，選了定安當主席。不過，一年後，定安也走了，到鄰區一個更新、更大的會堂去。那是港島區某間大堂的分堂，單是牧師便三個，除了兒童詩班和主日學外，還有樂器團、跳舞班、家長團契、英語班、育嬰服務、各種信仰課程等等，門外也有停車場和保安。好些年輕教友都過那邊去，美娟和曦曦都轉堂了。據說，定安過去不久，孩子便升上這間教會

在港島區的小學了。裝修才兩年的基義堂，會堂依然光亮鑑人，可是崇拜人數少了三分之一；到頭來，坐在這裏崇拜的，依舊是林師奶、輝哥等舊人。

不久，我們再次收到洛奇的消息：他患上肝癌，末期。明哥的兒子在大學讀酒店管理，暑假參加實習，認識了一個在培寧堂上崇拜的同事。明哥把我們幾個約到茶餐廳見面——餐廳換了店東，也改了裝修。

「說是腫瘤長在血管旁邊，不能割，只可以化療。」輝哥複述明哥的話。

「怎麼不告訴我們呢？」林師奶紅了眼睛，「我是看着洛奇長大的，不管怎麼說，我得去看看他。」

可是，培寧堂回覆道：鍾牧師需要靜養，不想見客。我們只能在培寧堂的網站一點一點地知道洛奇的消息，知道他甚麼時候做化療，反應如何，等等。這天，我們在明哥的家聚首，一起瀏覽培寧堂的網頁，讀到洛奇留言給培寧堂弟兄姊妹的話。五百字的文章中，三分之二是《聖經》的段落：「我帶着那加給我力量的，凡事都能作。」「萬事皆互相效力，叫愛神的人得益處。」

「這這這些金句，都是我我我教他的。」明哥靠在椅背上，不住搓揉皺起的雙眉，「現在我我我，看不明白……」

就是這樣，基義堂成為徹底的旁觀者。我想，這只能證明他愛我們有多深，以至到了生命的盡頭，都不願寬恕我們。

知道洛奇病後的某一天晚上，我坐在巴士的上層，看見窗外華燈，閃爍的、靜止的、文字的、符號的。遠處，一個霓虹砌成的十字架，掛在一幢高樓的外牆，轉眼被甩在巴士背後。我忽然發現：原來巴士一直走在黑暗中；身處光明中的，雙目為光所刺，其實甚麼也看不見，於是人只能專挑黑暗的路走。我索性下車，走在深夜的路上，盡情地想像洛奇的喪禮。那應該是寧靜的，小規模的，只二十來人，他的家人，最好的朋友，培寧堂的牧者與幾個教友，基義堂的牧者與幾個教友，五、六個青年組成詩班獻詩，也不唱喪禮專用的詩歌，而挑那些讓人感恩、起勁的，例如這首：「不再定罪，心中除盡憂愁。奇異的愛，怎能如此？我主我神，竟為我死！」

是的。洛奇永遠是那個瘦削、上進的中學生，熱心愛主，奉母至孝。

我繼續向着基義堂的方向走，直至清晨。四周是無色的、稀薄的陽光；背後忽爾傳來細碎的腳步聲。長跑者恰好從後面趕上，擦過我的身旁。微熱的汗氣飄過，我看進長跑者的眼睛裏，裏頭沒有反射出任何風景。

玫瑰誄

　　本城人談到喪禮時，都愛說「簡單而隆重」。然而，真正做到這一點的卻不多，多數是大鑼大鼓的套餐，煙熏得人下淚，一桌人在靈堂外面吃摻了豬油的、冷掉了的羅漢上素。然而露絲·徐，徐百德的追思禮是不同的。雖然，一般西式喪禮很少用上白菊花佈置，而多數用較昂貴的珍珠百合或白玫瑰；但以徐百德遺下不多的財產來說，喪禮的佈置也很看得過去了，也可見她的哥哥嫂嫂費了一番心思。徐百強夫婦先是見過天主教無垢女子書院的校長，然後又見了露絲的幾個舊同學；知道了天主教喪禮用不着敲經唸佛和元寶蠟燭後，便又將省下來的錢在報紙上登了一則小小的、中英對照的訃聞。徐百強夫婦縱是傷感，倒也覺得沒甚麼對不住死者了。

　　徐百強之所以想到在妹妹百德的母校舉行追思禮拜，是經過

一番考慮的。百德未婚，無兒無女，多年前在大學畢業後，便又回到無垢書院教書，直至逝世。兄妹二人雖間中聯絡，但又說不上投契；百德和嫂子之間，也是一般妯娌間的交情、寒暄與搭訕。加上百德治病時已用了一大半積蓄，又在遺囑中留了一份給慈善機構，餘下的也不多。徐百強與太太商量，決定就以百德僅餘的遺產，在她度過大半生的母校中舉行追思禮拜，既有心思又不失體面，自己也不用補貼，可說是最妥當的安排了。

從來不信上帝的徐百強，帶着一瓶紅酒、一罐錫蘭紅茶葉、一盒比利時巧克力，用柳枝蓋籃盛着，和太太二人親自拜訪無垢書院校長馮修女。校園的佈置流露天主教的色彩，到處是胖嘟嘟的小天使像，草坪的中央還有一個聖母像，想不到校長室內卻是一整套中式書櫃、書桌。馮修女見過徐百強後，便着書記找來七九年的畢業冊，戴上眼鏡，選了三個與徐百德同屆畢業的、企理的、像樣的女生，親自給她們電話，告訴她們徐百德的死訊，請她們依着徐家的預算，幫忙打點喪禮。徐百強上不慣連鎖咖啡室，酒樓又太吵，也拘謹，還是請這三位妹妹的舊同學到家裏來，着太太預備一些點心還好。至於她們三人，平日各有各忙，也是看在舊同學露絲的份上，才親自上來徐家一趟。

◆

　　瑪嘉烈一向很少到九龍區，駕着車轉了好幾個圈，才找到在九龍城的徐家。瑪嘉烈走了五層樓梯，在門口喘了一會兒氣才按門鈴。大門打開時，她看見莉莉亞和芬妮都已經到了。

　　徐百強雖說有好幾個單位在手，自己一家卻住在喇沙利道一幢五層高唐樓的頂樓；天台上種的蝴蝶蘭剛好開花了，徐太太便把花搬到客廳的窗台上；一張三人座位的酸枝長椅，牆上一幅水墨金魚圖，雖非名家手筆，倒也雅致。近門的一邊是飯廳，放了一張柚木大圓桌，是徐百強幾年前趁國貨公司減價時買的。至於徐百強本人，則是高高的個子，看起來有一份中年人少見的清癯。這麼熱的天，又在自己的家裏，他還是穿着一件長袖的白色襯衣，頸鈕鬆開，袖摺到手肘處，襯一條長牛仔褲，樣貌算不上英俊，然而一看就知道是個精明人。

　　瑪嘉烈很快地把徐家的佈置和徐百強的身量瞄了一遍，親切地伸出手來和舊同學的哥哥握手，然後又忙忙地轉過身去，與老同學打招呼。瑪嘉烈和芬妮間中還有聯絡，一年前才吃過茶；倒是莉莉亞，讀書時二人並不特別投契，畢業這些年來，竟是第一次再碰頭。

　　「莉莉亞？多久沒見了？」瑪嘉烈捉着莉莉亞的手，只見對方穿着白底粉紅色鈕扣小鳳仙裝，想來就是莉莉亞的美國丈夫代理的

品牌；下身襯牛仔褲，平底圓頭鞋。莉莉亞也笑了，「真的，多少年了？你還是老樣子。」

然後，芬妮也說了差不多的話。這是她們每次見面時的寒暄儀式。

徐太太在旁邊遞上一杯香片，瑪嘉烈坐着接過，說了聲「謝謝」。

閒聊過後，大家進入正題。徐百強翻開瑪嘉烈帶來的花店目錄，問道：「天主教的喪禮，一定要玫瑰與百合佈置？」瑪嘉烈從來沒想過這問題，含糊道：「那倒不一定。」徐百強依舊低頭翻畫冊，說：「用別的可以嗎？譬如說馬蹄蘭與白菊花。」瑪嘉烈的下巴很尖，有點像她腳上那雙Ferragamo。然而她長了一雙笑眼，儘管心裏覺得莫名其妙，旁人看上去頂多以為她是心不在焉。她依舊微笑着：「蕙蘭軒沒有白菊花的。」徐百強也笑着說：「我只是舉個例。」芬妮連忙打圓場：「我叫秘書問一問吧。無垢是蕙蘭軒的老主顧了，也許可以遷就一下。」瑪嘉烈只好表示同意。

芬妮聽見這些話，知道徐百強不是闊綽的人，便試探着說：「我聯絡過告羅士打，原來做餅的老師傅走了，新來了幾個年輕的，我試過，也不怎麼樣。」徐百強嘆氣道：「別說手藝比不上以前，現在連麵粉雞蛋也是將貨就價。」莉莉亞在旁聽了這句，不由

得由衷地感慨起來：「可不是，都是連鎖店的貨色。紐約芝士餅上加點果醬，就是藍莓芝士餅了。」瑪嘉烈和芬妮都掩嘴笑起來：「嘴巴還是這麼不饒人。」

徐百強也笑了：「我倒是贊成這話。事實是一代不如一代了。」芬妮道：「那麼，依舊叫告羅士打的到會呢？還是另外再找呢？」徐百強仔細推敲：雖說妹妹的遺產不多，但請的都是妹妹的舊同學、老師，也得體面些，將來好把家敏送進天主教無垢去。徐百強相信食物讓一切變得好商量；況且在校長室中，他就留意到馮修女身後的矮櫃上放了好幾個糖果餅乾罐，食物似乎是省不得的。想畢，便說：「如果大家認為還是告羅士打好，那就這樣決定吧。老字號，再差也有個譜兒。」

徐太太躲在廚房中，側耳聽着丈夫在外面和小姑子的舊同學有說有笑。她倒也不是呷醋；她知道丈夫沒有調情的膽量，也沒有調情的魅力。然而就是無端有點發愁。

前一晚，徐太太為家人打點追思禮上穿的衣裳，才發現唯一一套黑色西裝裙已經不合身了。她又不想再買，只好將就把裙頭鈕扣拆下來再釘開一點。這幾年徐太太愈發胖了，年輕時的衣裳都穿不下，只好改穿針織的、彈性的、不用熨的。倒是徐先生，這兩年樓房炒得得心應手，學會了打高爾夫球，看時事雜誌，到外國成衣店

買領帶襯衣，以前教書的的確涼都不要了。徐太太冷眼旁觀，覺得自己要被比下去。年輕時，徐太太也是好勝的，只是生了孩子之後就不由自主地胖，整個人的氣燄也就矮了一截。徐百強卻還是帶她出席各種場合，在朋友面前喊她「徐太太」，好像她是他的一個老朋友而不是妻子。當着眾人面前，徐太太也不服輸，不讓他為自己開車門、拉椅子，免得大家以為他是百裏挑一的好丈夫——雖然她也說不上他有甚麼不好。在家，徐太太管理家中各人飲食衣著，連小姑百德也照顧周到，只想丈夫讚她一聲好。徐太太和百德差不多年紀，卻算不上投契。然而每個月總有一兩次，徐太太會請百德來吃飯，張羅湯水甜品；百德也不會白吃哥哥嫂嫂的，總會捎來親自做的點心蛋糕、曲奇。兄妹倆就在飯桌上談報紙上的新聞和中英文文法。有一次，徐太太煮雞湯，放了兩片荷葉，百德說：「這好像《紅樓夢》裏的荷葉羹。」徐太太還沒反應過來，徐百強就笑了。

所以，對於百德的死，徐太太是由衷地傷感；少了這個小姑，她和丈夫之間不免少了一個共同範圍。雖然這個小姑有點孤僻，徐太太又常聽不懂她的話。

紅豆沙煮好了，徐太太把糖水盛在青花碗裏——一般是農曆年用的——再把碗放在從櫥櫃深處找出來的托盤上，端端正正地把糖水托出去。莉莉亞見了，馬上站起來：「徐太太客氣了！這麼熱的天，還得煮糖水招呼我們。」徐太太登時覺得自己捧出來的應該是

冰紅茶而不是滾熱的紅豆沙，笑容有點僵在那裏，往丈夫臉上看。徐百強卻依舊是笑嘻嘻的：「家敏，來幫媽媽的忙。」一直坐在一旁看《哈利波特》的徐家敏便放下書，過去把糖水放上桌面。徐百強答應了她，只要這個下午在幾個安娣面前乖乖的，便給她買新的遊戲軟件。

徐太太把空調調低了，大家還是愉快地吃着，偶爾傳來一兩下匙碗碰撞的聲音。吃完了，眾人頻頻說「好吃」、「謝謝」。

徐太太退回廚房，覺得滿意了。小姑子在生的時候，徐太太在他們兄妹面前總像在考試似的感覺。今天她覺得自己再一次通過考試——想來是最後一次了。

佈置和餐飲的工作都分配好了，儀式程序和詩班方面則由莉莉亞負責（由於是無垢書院的詩班，用不着預算，很快就談妥當了）。將近晚飯時分，瑪嘉烈看看錶，表示約了家人晚飯，其餘二人也就一起站起來告辭。徐百強把三人送到樓下，再三的道謝，一一送她們上計程車。

瑪嘉烈並沒有立即回家，而是回到政府合署的辦公室覆了幾個電郵，順道在置地廣場逛了幾個圈，直到九時多才回家。進門的時候，看見丈夫的鞋放在玄關，便走進廚房，給自己沖了杯花茶，把急凍薄餅放進微波爐裏，坐在餐桌前，隨手拿起一本過期雜誌，邊

呷茶邊看。獨自吃完晚飯，估計丈夫已睡了，瑪嘉烈輕輕推開睡房門，原來拜仁還躺在床上看雜誌，只開了床頭燈。瑪嘉烈收拾好衣物，躲進浴室，好好地洗了澡。出來時，燈已經關了。瑪嘉烈鬆了口氣，又覺得若有所失。

她想起莉莉亞，已經四十多歲了，身形竟沒大改變，和學生時期差不多。難怪當年拜仁在聖誕舞會上先請她跳舞——瑪嘉烈轉過頭來，看着睡死了的、嘴巴都張開了的丈夫，也不太明白自己在妒忌甚麼。她決定追思禮拜當天要穿上那套Prada黑色洋裝。

◆

追思禮的地點就在無垢書院校園的小教堂。三月，柏油路上的廢氣混和了空氣中的水分，成為一種難聞的氣味，蒸得路過的行人毛孔都張開了，這山中的學院小教堂倒是一貫的清涼安靜。星期六的上午，回校的女生不多，早上九時的陽光穿過灰晦的厚雲層，像一塊透明的抽紗手帕，在聖母堂的尖頂上薄薄地蓋着，風吹過紗布的細孔，雞蛋花的樹冠便在半空中搖曳起來。教堂內沒有空調；陰涼的空氣在兩層高的天花上流動，像上帝的衣襬掠過；底下的人卻夠不上去，只好在下面不住擦汗。

距離追思禮拜還有兩個小時，馮修女已經到了。莉莉亞本來正與瑪嘉烈一起，見到昔日的中學校長踏進禮堂，便丟下瑪嘉烈上

前去了。瑪嘉烈不禁皺一皺眉。這一天，莉莉亞穿上旗袍，腰身略寬，顏色與母校的校服是一樣的深藍，只是莉莉亞這件是綢緞的，領口上的是同心結，衣服上一朵朵祥雲圖案。

"Sister Fung," 莉莉亞上前扶着修女的手肘，旁邊的一個女學生便退到後面，「這麼早就到了。」

馮修女點點頭。灰色的頭巾把她的頸和額頭包着；她的臉和莉莉亞相反，是長而瘦削的。兩片薄薄的嘴唇，顏色幾乎和面色一樣，兩道眉毛也是稀疏的。世上的事情到了馮修女面前，頓時都顯得不值一提了。她問：「徐先生徐太太到了嗎？」

瑪嘉烈早把在花園吸煙的徐先生帶進來了。徐百強快步上前，馮修女只站在原地，遠遠說了句：「徐先生，節哀順變。」徐百強也就站着了，生怕身上的煙味薰到馮修女：「謝謝各位的幫忙，我想百德也感覺到母校的心意了。」馮修女淡然一笑，也不否認，頓了一頓，說：「讓我看看露絲的遺照。」

照片中的露絲・徐，徐百德蓄着十年如一日的短髮，架着一副銀灰色金屬幼框眼鏡，眼睛裏有含蓄的笑意，面卻是靜止的，好像早已知道自己的喪禮會是甚麼樣似的。她病逝的時候，才不過四十七歲。

馮修女走到聖壇前，鬆開莉莉亞的手，把握在手中的一串玫

瑰念珠放在遺照前，然後，在胸前恭敬地劃了個十字。這時，徐百強、莉莉亞與瑪嘉烈都低下頭來。馮修女清清喉嚨，很快回復平靜：「芬妮呢？」瑪嘉烈答：「她在副堂，預備追思禮後的茶點會。」馮修女點點頭。瑪嘉烈又說：「我已打電話給花店的人，他們說司機已經開車了。」馮修女又稍為看一看四周，轉身向徐百強說：「事情都交給她們便可以了，你好好休息。」

莉莉亞把馮修女送到禮堂門口，吩咐兩個學妹伴着校長回辦公室。馮修女走在草坪中間的石路上；在高大的維多利亞大宅式的校舍下，修女的背影竟顯得有點傴僂了；腳上的那雙平底黑色小羊皮鞋，隨着石子的凹凸改變形狀，步伐也就搖晃起來。

副堂那邊，芬妮看着幾個工友把兩張長桌拼到一處：「小心看着，別把桌角碰花了。」看見瑪嘉烈進來，便問：「花都運來了？」瑪嘉烈搖搖頭：「人家才開車呢。前兩天蕙蘭軒才打電話來，說是好的白菊花不便宜，便宜的又不好，我只好悄悄地改了花圈的樣式，再找個藉口向徐先生說，才推搪過去。」芬妮沉默了一會，才說：「徐先生以前是教書的？」瑪嘉烈道：「他說自己提早退休，不過剛才我無意中聽見他和股票經紀講電話。」芬妮「哦」了一聲：「也許吃虧了，要省在妹妹身上。」瑪嘉烈說：「倒不見得，我看他身上那套西裝還是亞曼尼的。」

芬妮不想繼續這個話題，便隨口問：「莉莉亞呢？」瑪嘉烈說：「剛才馮修女來過，她大概是送修女回去吧。」頓了一頓，又說：「莉莉亞一向是好學生呢，我們都沒搞過課外活動呢。」芬妮不禁回頭笑道：「你怎麼了？」瑪嘉烈也失笑道：「昨天晚上沒睡好，上火了。」

桌子已經拼好了，二人便把一幅象牙白色的抽紗百合麻質大桌布鋪在上面。瑪嘉烈拿起桌布的一角端詳，嘆氣說：「我原來也有一塊，是白色玫瑰的，被拜仁的煙蒂燒了個小洞洞。說起來還是結婚時朋友在布魯塞爾訂來的呢。」芬妮笑道：「也許深圳也有了，反正現在歐洲貨也是中國製造。」

芬妮把桌布的四角都拉平，再看看，這才滿意了：「我這邊就只差花籃和到會了。」瑪嘉烈問：「到會那邊，還是啟邦替你打點？」芬妮只微笑着點了點頭，眼睛依然看着桌布，彷彿要看穿織在上面的那朵百合的針路。瑪嘉烈也就沉默了。窗外傳來 "Amazing Grace" 的歌聲，一把把稚嫩而安穩的女聲，不知是天使的安慰還是諷刺。

教堂內，莉莉亞坐在前排，一邊聽着詩班練習，一邊翻閱追思禮的紀念冊。冊上的中英文都是她親自寫的。她翻到最後一頁，從小提包裏拿出眼鏡；那一版有一個分號被植成逗號，她前後改了三

次，總算沒錯了。莉莉亞鬆了一口氣。

司琴是無垢的學妹，馮修女推薦的。莉莉亞本來打算介紹自己的姨甥女，也就算了。學妹上身穿着白色的罩袍，底下卻露出一雙穿牛仔褲的腿。莉莉亞暗忖：「如果是樂兒，我會讓她穿裙子。」

歌唱完了，莉莉亞才聽到後面有人聲。瑪嘉烈帶了送花的人進來；工人把花圈、花牌一股腦兒堆在一處，瑪嘉烈想着如何擺放。

「莉莉亞，過來一下好嗎？」瑪嘉烈過去拉着莉莉亞的手，「看看要怎樣放？」

「先把徐先生一家的放在前面再說。」

她們讓工人把徐百強的花圈放在百德的遺像前，然後又把其餘的依身份在兩邊排開：教會、馮修女、神父、學校的。然後就是幾個百德的大學同學、中學同學。瑪嘉烈三人也聯名送了一個白玫瑰花圈。

都放好了，她們又再看看，都沉默起來。然後瑪嘉烈道："It's a nice flower blanket, isn't it?"白菊花砌成的花圈放在聖壇前的正中位置上，實在是有點格格不入。二人默然了一會，莉莉亞說：「也許露絲喜歡菊花。」雖然她從沒這種印象。

徐百強夫婦看見妹妹的舊同學把靈堂佈置得一如他們所想像

的，都放下心來。徐太太看着靈前中間擺放的那個花圈，上款寫着「愛妹　徐百德　主懷安息」，下款是「哥嫂痛輓」，不禁一陣心酸，用紙巾擤了擤鼻子，便從手袋中掏出塑膠打火機，恭恭敬敬地把照片前的兩枝白色蠟燭點上；又把手裏的紙巾對摺了摺，擦了擦眼睛。

徐家敏站在父母旁邊，耳朵塞着iPod的聽筒，自覺沒甚麼可以幫忙；雖然，她覺得也應該像父母那樣，對姑姑的離去表現得傷心。然而，對一個小六學生來說，死亡帶來的是錯愕多於傷感。她才十一歲，這是她第一次參加喪禮，還要是以主人家身份。一切和她想像的有點出入：她以為會像電視上看到的那樣，好些人在嚎啕大哭；然而家敏自己也沒有要哭的意思。她想起兩年前的暑假，曾經到姑姑的家補習英文。

"Girl, we are going to read Charles Dickens this week." 姑姑打開書，忽然低下頭來看着家敏的手。那銀灰色的眼鏡框便閃了閃。

"Do you cut your fingernail often?"

這樣問的時候，姑姑總是慈祥地微笑。然而幾個星期後家敏就沒再上百德的家了。

家敏還記得，姑姑的家在九龍城的另一端；不論晴雨，家敏每次都要走上那條兩旁長滿了大葉紫薇的、長長的斜路，才到達姑姑

的家。百德總會為她泡一壺伯爵茶。姑姑的家是不會有汽水和任何冷飲的。家敏喉乾舌燥地等，等茶涼了，才趁姑姑轉過頭去時把茶一口喝光。在姑姑面前，家敏總是戰戰兢兢的，雖然這個放滿了書和琉璃石的房子，原是她父母的物業。徐百強手上有幾個單位；徐太太想到百德孤身一人，便與丈夫商量，把這幢舊樓以低於市價的租金租予百德。

「別讓百德知道。」徐太太對丈夫說，「不然她又鬧彆扭。」

家敏依然記得母親說這話時還壓低了聲音，彷彿百德姑姑就在旁邊，生怕讓她聽見似的。家敏不明白母親明明在為姑姑着想，為甚麼像做錯了似的。

◆

另外也有好幾個花圈送來了。其中一個是教會的，其餘的是徐百德的舊同事。他們都是看到報紙後，才兜兜轉轉地與百德唯一的親人徐百強夫婦聯絡上。

追思禮快要開始，要來的人也陸陸續續地來了。一個中年婦人走到靈前，專注地閉上眼睛，默禱了好一陣子，才轉身向徐百強夫婦點頭致意。婦人看上去和死者差不多年紀，穿着套裝，面色有點蒼白，因此便看得出擦了點口紅。她往來賓處望，終於在最後一排發現了認識的人，便馬上走過去。

「閣下是……」

馮修女的記性是出名的。然而，畢竟是多年前的學生，也得想一想。

「我和露絲同班的，我是西西利・王。」婦人自己報上名來。馮修女微笑着，「哦」了一聲，便又沉默起來。

西西利見了中學校長，倒是覺得很親切，得到修女的同意後，便在旁邊坐下來：「馮修女退休了嗎？」馮修女點點頭：「差不多，現在也不過回學校坐坐看看。」半晌，又問：「你好嗎？畢業後都好嗎？」西西利最近正在苦惱着，不禁有點他鄉遇故知之感，加上追思禮拜的氣氛，她覺得訴一點苦也是無所謂的，便先嘆了口氣，覺得修女不介意聽下去了，又說：「別提了，我的女兒和男朋友搬到外面住了，又不願結婚，我都煩死了。」

馮修女皺了皺眉，彷彿在清湯裏吃出一隻蒼蠅。倒也不是因為天主教反對同居的緣故。凡是聽到她不熟悉的事，例如同居、結婚離婚、生孩子，馮修女就習慣皺一皺眉。在她心目中，孩子就是會走、會說話、會唸英文《玫瑰經》的初中女生，或者是畫像中的聖嬰。然而久經世故的馮修女還是朝西西利點點頭，那眉頭皺起來便是同情與諒解。

西西利得到鼓勵，正想是不是要往下說，卻聽見馮修女問：

「其他同學呢？都好麼？」西西利呆了呆，很快便識趣笑了笑，說：「還有聯絡的也不多。莎蓮莉‧李跟先生移民到加拿大了。伊頓‧陳的媽媽患了痴呆症，伊頓倒又從英國回來了。幸好孩子都在那邊上了中學，不用她擔心。本來她今天也要來的，不巧昨天母親進了醫院。」馮修女又皺了皺眉；她當校長多年了，以前碰見舊學生，都是報喜的，不是嫁人，就是在政府裏工作，叫秘書跟校務處約好了時間，回來母校演講。現在的學生淨是訴苦，是時代變了，還是人的修養變了？

馮修女往西西利身上打量了一下，認為她的經濟該不成問題，便問：「那麼，工作還順利麼？」西西利答：「開了一間小小的公關公司，總算上了軌道。」馮修女托了托眼鏡；半晌，又問：「哦？」馮修女這個回應算不上提問，西西利卻準確地回答了：「在銅鑼灣，才十五人，今年有兩個港大畢業的，是天主教無垢的師妹。她們說校長室外的走廊還是濃濃的咖啡香味。」馮修女莞爾一笑。

◆

講台上的咪高峰已十多年沒換，講者稍為大聲時便發出「嗚―嗚―」的，刺耳的鳴聲；若望神父只好囁嚅着。徐太太的英文本來就不好，只好閉目養神。來賓席上的海倫娜用手帕抹一抹汗，卻不

小心碰到鄰座的婦人，便低聲說句「抱歉」。這個婦人身材微胖，圓圓的臉上架着一副圓框眼鏡，也就是一個中年人的模樣。然而海倫娜卻把她認出來了：「這不是帕翠麼？」帕翠的手指卻是纖細而長，掩着自己的嘴巴，以免自己發出不恰當的聲音；她用另一隻手的食指在海倫娜面前的空氣中一點，表示自己的驚喜，然後又悄悄道：「若望神父的精神還真是好，都三十分鐘了，還講不完。」海倫娜也低聲笑道：「我們年輕的都比不上了。」

她們用上了當年在課室中交頭接耳的聲量交談。帕翠問：「聽說你在法國醫院工作？」海倫娜點點頭：「本來是的，前年提早退休了。」帕翠這才想起輾轉聽回來的消息，說是海倫娜接受過婦科手術，便改了話題：「身體還可以麼？」海倫娜說：「還可以吧。現在在家種花，學做裁剪。」帕翠馬上注意到了：「這披肩，手工相當好。」海倫娜說了聲「謝謝」，又不好意思往下說。倒是對方看出來了：「是人工繡的？」海倫娜點點頭：「上環那邊還有一兩個上海老師傅，我也是跟他們消磨着過日子罷了。」帕翠禁不住讚歎了兩聲；那是一朵黑色披肩上的灰色百合，連着三兩葉片，巴掌大的。花瓣的尖端像一顆水珠，快要從披肩上掉下來似的。帕翠道：「以前我也學過一陣子呢，後來沒耐性就放棄了。」海倫娜忍不住「噗」一聲笑了出來：「那和小孩子一樣。」帕翠沒聽出海倫娜話裏小小的嘲弄，繼續沉醉在自己的回憶中：「那時流行西蒙波

娃和吳爾夫，誰還去弄針弄線呢？」那時帕翠給自己改了一個法文名字「珍露」；那時有女同學建議「不要穿胸罩」，大家也就有好幾天內裏真空。到底還是不習慣，便又悄悄把胸罩戴上。

海倫娜其實並不好奇，但禮貌上還是問了：「你呢？都好嗎？還在工作嗎？」帕翠說：「不過不失吧，現在我是理財顧問。」海倫娜只好胡亂應了聲「哦」，又不好意思不作聲：「賣保險的？」帕翠搖搖頭：「不是。理財顧問的專業是投資。」說着便「啪」一聲打開手袋，掏出一個銀製的名片盒，拈出一張名片：「請指教。」海倫娜又說「哦」了一聲，只得把名片收下。

好不容易若望神父講道完了，輪到家敏的小提琴演奏——徐百強說，希望由女兒表達一家人對百德的思念。奏的是莫札特的〈安魂曲〉的其中一段。來賓都儆醒過來。

安息禮拜完了。眾人離開禮堂時，才發現天正下着毛毛雨；只有約一半人轉到副堂那邊聚會。芬妮在詩班唱最後一首聖詩時就悄悄過來，着學妹往校長室把馮修女專用的那套茶杯取過來；鬆餅用暖盤熱着，手指三文治、曲奇和蛋糕都放妥當了；還有一點空檔，便給啟邦打了通電話，謝謝他的幫忙。分居後，他們尚能保持友好的關係，芬妮的結婚戒指還放在隨身的化妝袋中。

「喂？」

芬妮沒想過接電話的是個女人。她清一清喉嚨，在啟邦接電話前回復鎮定：「東西都妥當了，謝謝你費心。」啟邦說：「別客氣，可惜的是做蛋糕的老師傅退休了，新請回來的實在不行，我自己都看不過去。」芬妮連忙道：「只要咖啡好就可以應付過去，馮修女最恨咖啡淡口。」啟邦笑道：「這個我知道，我可是向廚房千叮萬囑的。」芬妮又說：「那蛋糕，我還沒吃，不過看上去還好，也有老師傅的樣式。」電話那邊沉默了一會，才說：「那是我另外在文華買的，算是我對露絲的心意。」

馮修女進來了，芬妮匆匆掛斷了電話，挺一挺腰，把剛泡好的咖啡送過去。快到馮修女面前，忽然一雙手把杯接過：「讓我來。」徐百強把咖啡送到馮修女面前，再使個眼色，徐太太便把家敏帶過去：「家敏，叫人。」家敏訥訥地喊了聲"Sister"，馮修女便點頭微笑。徐百強知道事情不能做得太盡，便搭訕着向站在那兒的芬妮笑道：「家敏年底要考小提琴呢，看樣子得加把勁。」芬妮縱是有涵養，也有點情緒了，勉強笑道：「已經很不錯了。哪，這不是西西利？」西西利不知從哪兒轉出來，扶着馮修女的手肘。馮修女說：「明年天主教無垢一百周年，校董會打算舉行籌款餐舞會，孤兒院那邊的小教堂要修補修補了，也得請舊生幫忙，做些聯絡的功夫。」西西利連忙說：「看下星期四或五，我請馮修女喝下午茶。馮修女還是喜歡文華的藍山吧？這裏的咖啡太淡了。」馮修女

微笑說：「我都無所謂。」然後呷一口手中的咖啡，便把茶杯交給芬妮，看着她，點點頭，說：「今天辛苦你了。」便轉身離去。一個穿校服的女學生趕緊走到副堂門口，打開雨傘，馮修女站在副堂門口的堂階上，轉過頭向西西利說：「有空多來望彌撒，凡事要祈禱。」西西利答應了聲「是」。馮修女又說：「願主祝福你。」聲音穿過雨點，融化成一灘涼水。

帕翠與海倫娜也一起走了。海倫娜說：「那麼，我先把保單找出來？」帕翠說：「不必忙，改天我上你家，先試試你的豆漿，慢慢再談。」海倫娜點點頭。帕翠又說：「如果你先生願意，也請他聽一聽，對大家都好。」海倫娜嘆口氣：「他肯聽我說一次，早發財了。」帕翠拍拍她的肩膀：「女人本來就比男人心細，只好你操心。」

芬妮站在副堂門口，看着修女遠去了，轉過頭來，無意在鑲在木門的玻璃上照見了自己。她忽然想起以前，上瑪嘉烈的家做功課，瑪嘉烈的祖母後來問：「坐在沙發那個是誰？將來會嫁得好。」從小大家都說芬妮有點佛相，臉圓，白淨，一副少奶奶的相。芬妮倒是到現在還想不出啟邦有甚麼不好。那時幾個女學生，包括芬妮、包括露絲、包括瑪嘉烈和莉莉亞，老是到告羅士打做功課、吃蛋糕……露絲在事後能把那道藍莓鬆餅一模一樣地做出來；瑪嘉烈和莉莉亞的書包天天新款……啟邦比她們年紀還小一年，是

告羅士打的少東。待客人，他如待妻子般客氣，一直如此。

忙了一個下午，瑪嘉烈這時才可以稍作休息。她給自己倒了杯咖啡，獨自坐在副堂的角落，靜靜地，甚麼也不想。不知是誰把追思禮拜的紀念冊留在長椅上；瑪嘉烈這才想起自己根本沒細心讀過，便放下咖啡，隨手翻到「悼詞」那一頁：

徐百德女士原籍上海寧波，1961年出生於香港，父親曾為上海聖約翰大學教員，早逝，百德女士與兄長由母親李氏獨力撫養成人。百德女士就讀於天主教無垢女子書院，1978年以優異成績考入香港大學英文系，同年受浸於天主教聖母玫瑰堂，聖名露絲。畢業後回饋母校，任天主教無垢女子書院英文科及家政科導師，多年來作育無數英才，堪稱桃李滿門。

曾與百德女士共事之人，皆對其認真的工作態度留下深刻印象；於母校任教以來，百德女士從未於學期期間休假；又主動為學生組織文學學會，指導她們閱讀中外文學名著。與同事相處亦和睦友愛，同輩後晉對她無不敬佩。

百德女士為人熱心，公餘時間常參與社會義務工作，負責教會的主日學工作與婦女部團契；閒時熱衷於女紅、園藝與烹飪，各方友好均對其手藝讚賞不已。

百德女士一生貞靜閒雅，為閨秀之典範。如今回到天父的懷

抱，誠然令各親友感到悲痛惋惜，然而她的一生，又讓時人深深領會到何謂精神貴族。時代不斷改變，唯百德女士之風采，會永遠活在我們心中。

◆

瑪嘉烈放下紀念冊，悄悄地走到外面，抬頭看着母校的校園。翠綠細密的榕樹，在細雨下平空添上一層灰藍的水色。她順步往遠處的欄杆走去，走近了，卻看見一縷白煙在米仔蘭叢後升起，夾着煙草的味道。在縱橫的枝椏中，瑪嘉烈看見莉莉亞的側面，像森林深處中一塊蒼白的、染了風霜的玉石。

微風夾着細雨吹來，瑪嘉烈竟覺着一點春寒；她抱着自己的雙臂，站在校園的中央，不知道茶會完後要往哪裏去。

深春時分，天主教無垢書院門外的山路上花都開遍了。徐百強拿着百德的遺照，其他人跟在後面，一行人就沿着彎彎曲曲的山路走下來。大街上，汽車聲隱隱穿過白色的霧傳來，消失在米仔蘭的香氣中。剛從冷氣開放的副堂出來的賓客，一下子走進溫暖潮濕的空氣中，臉上很快就泛了油。

百德的遺照蒙上一陣霧氣，把照片上的笑容掩蓋了，只餘下一塊塊不清不楚的黑白色，像被潑了水的水墨畫。一行送喪的隊伍，就在春天的空氣中模糊起來了。

回家的路上

那一年，我大約十歲，母親離開了家。

之後，父親帶着我，從美孚搬進大埔。一九八七年的大埔沒有美麗的商場與熱鬧的行人；我們搬進文武廟對面一幢唐樓的單位。新的家明顯比舊的小了、暗了，連客廳的電燈也由黃色燈泡變成白色光管，令僅有的家具更顯蒼白。新單位樓下是街市，賣菜、賣花、賣內衣褲、賣砂煲瓦罉……起初看到整頭豬的屍體躺在肉枱上我總是心裏發毛。然而，世上沒甚麼事情是不能習慣的。每天早上，喚我起床的不是鬧鐘，而是街市傳來的腳步聲、叫賣聲、講價聲。我倒喜歡這種吵鬧；至少，比起舊居，不讓我感到那麼孤清。

搬家後，我也轉了新學校。相比九龍區的學校，崇德學校有

點像一間由積木砌成的玩具小屋；矮小而四方的黃色校舍，才三層高，每層三個課室，全校六級，加起來才九班。操場有一半地方有蓋，前方多搭一個木台，上蓋紅布，充當講台。另一邊沒上蓋的，放了兩張乒乓球桌——一切都是就地取材，湊合着用；本來就沒規劃可言，也就談不上混亂與否了。於是，順理成章地，打乒乓球成為我唯一的消遣。

還有看火車。那時，火車班次還不那麼繁密。沒心情聽書的那天，我雙眼瞪着黑板，耳朵留心着火車經過的聲音，數數一堂有多少班火車。我讀的是下午班。早上醒來的時候，父親已離家上班了。我獨自吃過他之前一晚買回來的方包，便索性到火車博物館裏的石桌上做功課。有時，遠遠看見同學，雖也想上前跟他們打招呼，一起上學；然而，博物館上空的陽光總是很好，火車駛近，節奏不緩不速。於是我也懶得動身了。

是的，即使每天要上課，我在大埔的日子依然像個放不完的暑假，沒有急着要做的事，沒有必須要守的規矩。只是我的心情談不上悠閒而已。

新同學、新老師對我很好——我是個插班生，他們不太清楚我的過去，我也想不到要向其他人交代背景的理由，況且那時也不講究兒童心理學甚麼的。我反而覺得這樣比較輕鬆。只剩下我和父親

的生活並不容易過；下班後，他總是一言不發地坐在客廳，開着電視，許多時候在看明珠台，而我知道他根本不懂英文。整個明珠930時段，不論播放甚麼電影，有沒有對白，我總是覺得有人在我耳邊嘰嘰喳喳，說一些我不明白、也不想聽的話。回到學校，與同學、老師保持適當的距離，耳根倒還清淨一點。

然而我的成績還是退步了；多看明珠台並沒有提升我的英文成績，反而來個大倒退。當我把成績表交給父親時，他終於把視線從電視螢幕前轉過來，沉默了一會，然後嘆了口氣。過了兩天，晚飯時分，父親夾了一箸菜送進口中，不清不楚地說：「我替你找了個補習老師。」他並沒有望向我。然而當時的家就只有我和他了，想來他的話是對我說的。

然後父親給我舀了點茄汁豆。我知道自己讓父親擔心，低下頭來，心裏難過。

第二天，我手裏拿着一個住宅地址，按着父親之前一晚的指示，獨個兒走到這座政府宿舍門前來了。我依然記得那一段路：步出校門，和其他同學揮手說再見後往左轉。我仍然聽到身後同學的對話；他們在商議要到大埔墟打遊戲機。只有我，往相反方向走，看交通燈過馬路，認着綠瓦簷篷的變壓站，轉進運頭角里，再沿着石牆往前行。這時候回頭，已經看不見同學，也看不見學校了。

我彷彿步進另一個世界，又陌生又新奇。

春天的下午，空氣中有林村河的氣味，路上也有別的學校的學生。他們總是三三兩兩在我身旁擦過，然後超越我。附近有另一所小學；在大埔區中，也算得上是名校了。這間學校的校裙是有褶的；鞋子也不是一般的黑色，而是白色。大概是這種時尚感染了家長和同學，女生也多數留長頭髮，束成馬尾。她們放學後幾個人並肩而行，又或是和母親一起，總不會獨自一人；我走在她們後面，看着馬尾在雪白的校裙上搖呀搖，不禁有點自慚形穢。我低下頭來，看見自己那條前後就兩塊布縫起來的梯形裙；腳上一雙黑鞋，圓圓的鞋頭已經給踢灰了一塊。她們交談的聲音很小，偶然有一兩句飄進耳內，也是關於功課、默書、老師的吩咐等內容。然而更多的話消失於細碎的腳步聲中；寬闊的柏油馬路上，偶爾有汽車「呼」一聲在我的身邊滑過。這些時候，我總愛把手指伸出來，一邊走，一邊在牆上劃過。粗糙不平的表面讓我的指尖隱隱生痛，濕滑的青苔毛茸茸；然而那時候，幾乎每個孩子都有這種習慣。我們急於認識每一種感受，將之牢牢記着，彷彿預知未來的世界一切都會變得光滑、潔淨、明亮無比。

遠遠地，我看見石牆內伸出一棵洋紫荊的樹冠。那是一個潮濕多雨的春季。沾滿水分的聰明葉，恰似一隻隻翠綠色的肥大的手掌，一下下向我招手。於是我知道到達目的地了。我抬起頭，看見

一幢正正方方的建築；一個長方形的露台就是一個單位，其中一戶的露台裝上大玻璃窗，一隻白色的貓站在窗前，居高臨下看着我。我看着牠好幾秒鐘，然後走進閘口。這時小亭內的保安把我叫着了：你找誰？我裝出一副鎮定的樣子，答：四樓，B室，馮太。保安朝我上下打量了一下，便一言不發地又轉過身去。我站在當地好一會，才想到他是讓我進去。從外面看來，政府宿舍每一個單位都是一模一樣。我爬樓梯到四樓，找到B室，看見門前掛有一幅小布畫。我看不懂上面的英文，但卻記得文字下那個繞着紫色葡萄的十字架。現在回想起來，那大概是《聖經》的經文、禱文吧。

馮太是我第一個以「太太」——而不是「師奶」——稱呼的已婚女性。記憶中，她比其他師奶要瘦，也高，留着長而直的頭髮，梳成一條馬尾，就像路上那些名校學生。我從來沒有見過長直頭髮的師奶。記憶中，所有師奶，包括我的母親，髮型都是鬈而短的。母親還在的時候，間中會帶着我到理髮店恤髮。起初看見理髮師往她的頭上捲髮卷，夾大而七彩的髮夾，覺得很新奇；但漸漸便感到無聊，便走到沙發看《老夫子》。母親離開之後，我再也沒上過理髮店了。偶爾經過，也加快腳步，生怕人家問我母親的蹤影。直到搬來大埔，遇上馮太，我才知道師奶也有不電髮的。

這麼多年以後，馮太教過我甚麼，坦白說我早已忘了。到現在，腦海中只剩下一些無關痛癢的片段，跡近無聊，教人回味。馮

太的家很大。牆是白色的，沙發上只有坐墊，電視櫃裏只有電視。鋼琴在客廳的角落。人走在發亮的木地板上，會看見自己的倒影。她的家，唯一會變的，就是桌布：有深藍色鑲有白色通花邊的、有橙黃色格仔的、有白色布上繡有紅色小花的⋯⋯每一幅都熨過似的。我站在玄關，馮太把一雙淺藍色絨毛拖鞋放在我腳邊。我手裏拿着脫下來的皮鞋，抬頭一望，只見玄關上一個木架，上面都是大大小小的鞋子，於是便把自己的鞋也放上去。我換上拖鞋，把書包放在餐椅上，然後到洗手間洗手，抹乾，再回到餐桌前坐下。這是每次補習前的儀式。之後輪到馮太：拉開椅子，看着我坐好，然後從廚房裏拿出一杯熱牛奶放在我面前，不分寒暑。

What are you doing now?

What were you doing this morning?

What are you going to do tomorrow?

馮太唸一次，我跟着唸一次。這窗明几淨的客廳總是令我溫馴起來。窗外那棵聰明樹，與我一起搖頭擺腦。我覺得自己的聲音與風吹過葉子的「沙沙」聲混在一起，飄得好遠。

◆

　　漸漸地，我適應了補習生活，甚至有點期待每周兩次到馮太的家。不用補習的日子，放學後家裏沒其他人，餓了就燒開水煮麵，一邊看電視卡通一邊做功課，儲到零用的話偶爾還可買一包薯片一個人躺在床上吃掉，這種生活其實頗為寫意。但在馮太的家，我得挺背坐好，喝牛奶，背生字，把擦膠碎掃到廢紙上，再倒進廢紙簍裏。在那裏，我彷彿是另一個我，一種不知名的優質原材料，期待哪一天自己會成為某種手工精湛的器皿。而馮太當然就是那個巧手的技師；她總是和藹地微笑，以嚴謹和規律為教育手段，把我陶鑄成才──至少是個聽教聽話的小學生。

　　只有一次，馮太在我面前顯得激動，與我有關。

　　補習兩、三個月後，我的英文成績有明顯的進步。終於，有一次，默書拿到八十分。那天晚上，我告訴父親，父親沉默了一會，說：「不要驕傲。」

　　然後，他繼續看明珠台。

　　第二天，馮太問我拿來默書簿，打開一看，便抬頭對我笑起來。

　　「有進步呢，」她拍拍我的頭，「很好啊。」

我沒有作聲，拿起鉛筆，準備改正。馮太站起來，從廚房裏拿出一杯熱牛奶，問：

　　「你看來不快樂呢，佩瑜。」她把牛奶放在我面前，「甚麼事？」

　　我放下筆，抬頭看着她。馮太的面上沒有笑容。她的表情很認真。我覺得自己可以告訴她一點家事，便望向她身後鋼琴上那個小白兔擺設，告訴她之前一晚父親的反應。馮太靜靜地聽了，忽然站起來，給我父親打了通電話。我在她身後，聽到她帶點教訓的口吻說：「孩子有進步，你應該鼓勵她。」到現在，我依然記得她那高䠷的背影——也許她並沒有記憶中那麼高。但那一刻，我在她身後，覺得她就像窗外那棵洋紫荊樹，又高又長。

　　我不知道父親在電話的另一頭怎樣回應，心裏有點慌張。掛線後，馮太沒有轉過身來，而是走進了另一個房間。我獨自坐在客廳，覺得時間停了下來。

　　終於，馮太回到客廳。

　　「哪，」她坐下來，拿起我的手，「送給你，是進步的獎勵。」

　　我低頭一看，是一塊橡皮擦，綠白色，白色部分印有一個A字。忽然，一道熱呼呼的氣流從心底直衝上腦袋，我的頭頂有一顆

零件飛脫出來。

我大哭起來。

馮太還是拍拍我的頭。

過了一會，她才給我抹面，擤鼻。我慢慢地喝過牛奶，收拾心情，重新打開書本。

那天晚上，父親沒有看明珠台。他用家裏的舊雜誌裁了幾張紙，問我要不要學摺紙船。我並不特別感興趣，然而還是坐到他的身旁。父親並不是一個教學人才；他只示範，沒講解。不過摺紙船並不難，跟着做幾次也就學會了。那個晚上，父親教我摺了紙船、紙飛機、紙鶴。父親的手指頭很粗大，甲邊乾燥脫皮。

◆

那也是我唯一一次在馮太面前表露情感吧！我和她，一直就是補習學生與老師的關係。馮太並不是我心目中的母親的典型。我也沒想過要找誰來代替我母親——那個電了髮、矮而胖、說話很大聲的母親。

而且，當馮太的女兒並不容易。她對她，比對我，嚴厲十倍。

馮太的女兒比我小大約一、兩歲，讀的正是那間穿百褶裙上學的學校。有時我會與她碰面。她和她的母親五官不算挺相像，面形

和身形卻很接近，都是尖尖的下巴，長長的手腳，梳馬尾。

她叫蕙蘭。我偶爾在玄關的日曆上看見「蕙蘭學琴」字樣，才知道那個字是「蕙」，不是「慧」。

坦白說，我不太敢與蕙蘭打招呼——她是馮太的心肝寶貝。我們見面，會說聲Hello，然後她就換鞋，自己拿書包出門。我見過她在樓下閘口的小亭外等，保安和她有一搭沒一搭地聊天；校車來了，她轉身和保安說再見。

我抬起頭來，看見馮太站在露台，看着蕙蘭上車。

我從沒見馮太跟蕙蘭談天，也沒見過蕙蘭跟馮太撒嬌。當然，這也許是因為有我這個外人在場，母女間不便詳談——這是某個時代的特色：在旁人面前，父母是不會對孩子展露感情的。

只有一次例外。

那次，我踏進馮家，便隱約聽到一陣陣嗚咽聲。我不敢多問，便佯裝不知情，開始補習。馮太交代了習作，便走進書房。我聽到她平靜地說：

「為甚麼你每個字都對，偏偏就是錯一個標點符號？為甚麼你不可以再小心一點？」

嗚咽的聲音繼續，卻沒有人答腔。

「你留在這裏，直到反省完畢為止。」

待我差不多補習完畢，馮太又走進書房。這次，蕙蘭跟在母親後面出來，兩手不住擦眼淚。兩母女一直沉默；馮太用毛巾給她擦了面，梳馬尾辮，看着她穿好鞋子出門。然後，馮太走到露台，直至汽車聲遠去。

馮太轉過身來。我趕緊把視線轉回功課上。馮太在我身旁坐下，恍如無聲地嘆了口氣。

我和蕙蘭最接近的，應該是復活節生日會那次了。馮太沒有直接邀請我，而是打電話徵詢我父親的同意。父親大概對馮太也有點怕，馬上就答應了，還特地從衣櫃的深處找來一條連身裙，黃白色的，領口是荷葉邊，母親給我做的。父親把裙往我身上拼，明顯短了一截。

「你長高了。」父親端詳着，「才一年的時間。」

最後，父親就在樓下的市集買了一條白色長褲，褲腳也是荷葉邊的，才十元，着我在黃白色裙內穿上，看上去就像是設計的一部分。他又買了一盒糖，叫我送給馮太。我沒想過父親也有細心的時候。

生日會在政府宿舍的後花園舉行，除了我，還有其餘的補習學生。有幾個是他們母親帶來的。然而，過了一會，我發現母親們

都離開了，只剩下馮太和小孩子們。花園的中間放了一張長桌，幾把膠椅；桌面上有蛋糕、雜果沙律等食物。孩子都跑到不遠處盪鞦韆、踩單車。六、七架粗胖的BMX單車在草地上穿梭，蕙蘭那一輛是藍色有輔助輪的。我把糖果悄悄放在桌上，站在一旁，看他們玩。

忽然，有人從身後給我遞過一杯橙汁汽水。我轉過身來，只見馮太對我點頭一笑。之後，她就忙她的：分派食物，看管年紀小的孩子。蕙蘭間中回過頭來，向母親揮揮手，然後繼續遊戲。然後就是切蛋糕環節。我站在一旁，蕙蘭卻忽然把一塊綴有草莓的蛋糕遞到我手中，也對我點頭一笑，像她的母親。

戶外的陽光照在身上，像一雙溫暖的手臂，不緊不鬆地懷抱着我們。

那是我第一次，也是最後一次參加馮家的家庭活動。四個月後，八九年的夏天，馮家舉家移民往加拿大。馮太給我介紹了另一個補習老師，不過因為地點較遠，也就作罷。

最後一堂，我到達馮家，只見一個個紙皮箱已整齊地放在客廳，零碎的擺設全不見了，餘下的只有沙發、餐桌等大型家具；書櫃裏的書也清空了。紫荊樹長得更茂密了，遮去窗外大部分陽光，樹梢的陰影落在空蕩蕩的牆壁上。我看着那影子一晃一晃，想起初

次到這裏時,肥大的葉子也是像小手一樣揮舞。只是這一年的夏天相當悶熱,空氣中的水分被陽光蒸發,葉子也就乾巴巴的。熱風吹來,整個樹冠擺動,葉子只是不由自主地沙沙亂響。

我們沒有刻意話別。下課時,馮太只是合上我的英文書,給我一句忠告:「你的成績還可以再好一點。以後還得多看書,多背生字,乒乓球呢,就少玩一點吧。」

然後,她給我一個小紙抽。我雖然很想知道裏面是甚麼,但還是忍住了好奇心。

「送你的,作個紀念。」馮太由始至終都笑着。

踏出宿舍閘口,我站在當地,打開紙抽,原來是一本小小的英漢字典,商務印書館出版。

身後的高樓傳來一陣相當熟悉的鋼琴聲。後來我才知道這是〈藍色多瑙河〉——之前在雪糕車旁聽過。

現在我已忘了當時有沒有因此減少打乒乓球的時間。書,倒是真的多看了。馮太一家離開香港那個下午,我從公共圖書館的玻璃窗看出去,一架飛機正劃過八月的藍空。

一年半後,我在大埔升上中學。一天放學回家,打開大門,赫然發現母親坐在客廳。她朝我看了一眼,指一指桌面:「給你買了

菠蘿包，熱的。」

　　我坐在飯桌前，背着她，把菠蘿包吃掉。這時我才想起，原來我曾經有過吃菠蘿包當下午茶的習慣。背後傳來窸窸窣窣的聲音，是母親在走動，她真的回來了。菠蘿包味道沒有變。母親的髮型也沒有改。這兩年，好像甚麼也沒發生過。不過母親再沒有帶我到理髮店了。中學的功課很忙，我也有自己的朋友。

　　中三那年，一天晚飯過後，父親問：「你想不想搬回九龍？」

　　說這話的時候，母親正背着我們洗碗。她沒有轉過身來，然而我知道她在聽。我沒多想，答：「不。」

　　到現在，我也說不清為甚麼拒絕父親的建議。如果那時我答了「是」，也許二十年後的今天，一切都很不一樣。可能我會忘記與父親相依為命的日子；忘記馮太和她所代表的某個階層、某種生活。又或者，我會記得更清楚。

　　不過，在拒絕父親的那一刻，我知道我的假期結束了。

　　是的，這一切，只能算是一段微不足道的往事；政府宿舍門前已豎起了「土地拍賣」的告示牌；崇德學校也關了門。從閘口看進去，操場上的時鐘仍在走動；時間的巨輪有時以可換算的方式，展示它的軌跡與輾痕。偶爾想起母親不在身邊的日子，我發現自己原來深深地依戀樓下街市的吵鬧與乒乓球桌邊的嬉鬧；在那段沒人管

的歲月，這些熱鬧在我孤寂的生活中添上一點流動的空氣。

　　然而馮太讓我知道孤寂有時是必須的。孤寂可以是自己的選擇。

　　馮太如今不知在地球上哪一個角落；而父母親，則在我的身邊，慢慢地走。寶湖道兩旁的櫥窗映出我們的面孔；母親的短髮依然短而微曲，只是兩鬢斑白。我看見自己的面和他們的面一前一後映在玻璃上，像回家路上的標誌。

離島戀曲

　　船泊岸的時候，風就會夾着海水的鹹味、海面的垃圾味、渡輪的汽油味，在岸邊翻起來，於是島上的人就知道有一批人要來，又有一批人要走了。英杰把單車停下來，看了看：外來的多是遊客，來這裏玩半天，當晚就走；碼頭兩旁小攤子的人已在招手了。英杰把腳一蹬，單車便又箭也似地，穿過這熱鬧的人群，向着通濟村的方向去了。

　　到了村口，四周靜悄無人，因為英杰沒有發現蔡婆正坐在屋外納涼。蔡婆搖着蒲扇，坐在屋外樹下的藤椅上。遠遠看去，準會以為她是睡着了。然而有時她又會突然睜開眼睛，看着前面的某些甚麼。福福守在蔡婆旁邊。福福是一條黑色的老唐狗。英杰的單車駛過，牠只張開一隻眼睛，看着他走了，便又無精打采地閉上眼睡

去。

蔡婆的孫女佩欣在樓上的露台晾衣裳，看見英杰騎着單車在樓下經過。她把剛洗好的手帕向着陽光一揚，英杰的單車便從手帕下溜過，然後遠去。

英杰放好單車，拿着藥包，悄悄地進屋了。撩起門簾一看，美好面朝着裏面，躺在床上。英杰走過去，把手放在美好的額上，還是有點燙手。美好覺得有人，就醒了，轉過身來，看見英杰還沒摘下帽子，身上只穿着一件背心，兩邊胳膊都曬紅了。英杰拿開手，說：「三契姨，藥買回來了。」美好在枕上點點頭，說：「不是叫你穿有袖的衣裳嗎？」英杰笑着說：「趕着去就忘了，我現在去煎藥。」美好咳了兩聲，說：「洗洗面再去。」然而英杰已經轉身出去了。

美好又咳了兩聲，閉上眼，卻再也睡不着了。風扇在旁邊「胡胡」地低吟着；美好想起了久違了的蟬聲。她慢慢地坐起身來；窗外有些東西在閃動，是遠處榕樹的枝在微微地搖晃，好像一隻毛茸茸的大手，在河裏擺動。陽光穿過樹葉打在地上，像水點濺開來。遠處傳來一陣陣的狗吠；美好把頭擱在冰涼的窗框上，跟着陽光向外邊望去。

蔡婆忽然聽見福福吠了，就知道有陌生人來了。果然，兩個行

山打扮的年輕人，背着背包，手裏拿着行山杖，正向這邊走來。福福先是耳朵轉了轉，見那兩人愈走愈近，便站起來走上前。年輕人登時站在原地；其中一個高的拿起行山杖，在空中揮動，福福便猛吠起來了。蔡婆「噓」了一聲，福福便走到蔡婆的身邊，只是不肯蹲下來。蔡婆招招手，示意高個子過來，高個子便一邊瞟着福福，一邊慢慢走近。蔡婆拿起平時用來當拐杖用的長傘，在高個子的行山杖敲了敲，瞪了他一眼。兩個年輕人對望了一眼，訕訕的，也就走了。

蔡婆把身子向後靠，藤椅便「咯吱咯吱」地叫起來了。這個夏天好像特別長。她看着那兩個人，往通濟小學那邊走去。看着看着，這次蔡婆真的睡着了。

通濟小學有一個不大像學校的名字；然而，這的確是一間小學——起碼曾經是。

起通濟小學的人，叫做陳仕安。這好像一個讀書人的名字，然而陳仕安是個不識字的漁民。陳仕安是本村人，後來不知怎地，在外面發了財，就回到島上修橋補路，還起了小學。有人提議學校的名字就叫「仕安小學」，陳仕安說：「我不要拿錢買個虛名，我要實實際際的。」於是，陳仕安就把學校改名為「通濟小學」。

最光輝的時候，通濟小學有百多學生，一至六年級都齊了。

由ABCD，到甲乙丙丁，到一二三四，都是師範畢業的老師教的。更有好幾年，通濟小學六年級的英文，是地地道道的洋人教的呢。西洋人的名字叫彼得，本來是為了吃海鮮來的，豈料一踏上岸，他就被一個女孩子迷住了。這女孩子是裁縫的女兒；彼得為她住了下來，在通濟小學裏當上了英文老師——老一輩的還記得，婚宴上新郎哥彼得老把筷子掉到地上。過了好幾年，兩個人生了一個女孩。有一天，彼得說去釣魚，出了家門，就沒有再回來了。有人說，他掉進海裏去了。也有人說他可能跟別的女人跑了。也有人說他拋妻棄女回英國老家了。

裁縫的女兒拖着六歲的孩子，坐在碼頭的石墩上哭了大半年。終於有一天，蔡嬸，也就是現在蔡婆，在碼頭買魚的時候，不小心讓魚跳到裁縫的女兒身上了。裁縫的女兒哭着，冷不防被大魚嚇了一跳，馬上站起來。蔡嬸連連說了幾句「不好意思」，裁縫的女兒忽然不哭了，說：「你要賠罪的話，這尾魚請我和我女兒吃。」蔡嬸以為自己聽錯了，轉念一想：她也許是傷心過度，有點瘋傻。於是蔡嬸便點點頭。就這樣，裁縫的女兒一手抓着魚尾巴，一手拖着孩子，回家去了。那魚在她手上，還是鮮蹦亂跳地扭着呢。自這次之後，裁縫的女兒就不哭了。她把家裏的衣車找出來，在家闢了個小角落，替人家改衣服，後來又縫一些小手帕、小手袋，賣到碼頭的小店裏，做遊客的生意，就這樣把孩子拉扯大了。

孩子長大了，成為恆昌雜貨的沈太太。沈太太原來有個美麗的名字：依蘭。依蘭姓荷頓，長了一雙啡色的眼睛。第一次見依蘭的人，總以為她是西洋人。小時候，母親帶她到市場買菜，賣叉燒的請她吃叉燒，賣花的送她一枝小黃菊，辦館的老闆送她一塊餅乾。於是依蘭一直以為自己有很多選擇。她坐在窗前，任由外面的男人在等待，慢慢地，拿出她外祖父遺下的針黹箱，慢慢地穿針，慢慢地畫紙樣，慢慢地刺繡……直到雜貨店的沈先生出現在她的家門前，而母親老了。依蘭需要一個願意照顧她母親的人。於是她把旗袍做好，在婚禮上穿上，大家看見繡在上面的那隻孔雀，像活生生附在依蘭身上似的，都嚇了一跳，圍起來看，幾乎把新娘本人忘了。那一晚開始，依蘭就變成沈太太，而她的母親在她結婚後兩年就亡故了。沈太太再沒有做衣裳。旗袍成為了那一夜的奇蹟，然後，如同依蘭這個名字，漸漸被人遺忘。

　　現在，沈太太坐在櫃面內，攔在她前面的是一個玻璃櫃；第一層放着男女裝手帕，第二層是底衫，有背心的，也有短袖的；女裝的領口上比男裝的多了一道幼細的花邊。第三層是的確涼襯衣、孖煙囪。手帕旁邊有一排排髮夾、啪鈕、指甲鉗等事物，日用的，零碎的，像沈太太的生活。然而她遠遠看見佩欣來了，便高高興興地從櫃台裏拿出五色線來預備着。佩欣一定喜歡這種新來的顏色。

　　佩欣來恆昌，卻不是為這些。恆昌的櫥窗內，放了那一襲最精

緻最華麗的旗袍。淺粉紅的底，袖口與領口鑲上金邊，鈕是逐顆逐顆打出來的繩結，裙身繡有一隻孔雀，雀頭在左邊的胸口，雀身一直向下繡，到了裙襬的位置，雀屏就打開了，滿滿的藍和綠佈滿了佩欣的眼睛。這麼多年了，雀屏的顏色未免有點褪，但手工還是看得出來的，那一針一線像怕跳出來似的，緊緊地抓着裙身。佩欣每次都借故買點甚麼，然後站在櫥窗前端詳端詳；有一次，她在學系的縫紉室裏縫了一個窗簾，讓沈太太在太陽猛時掛上。佩欣在九龍的大學裏讀時裝設計。她已經決定了，畢業功課就是做一件類似的禮服。今天的太陽也極好。佩欣來了，還未走進店中，便先在外面把簾子掛下來。

對面的全叔看見了，也走到外面看看，然後在門前鋪好竹蓆，把大罐陳皮倒開來曬。全叔拿起其中一片，湊到鼻前嗅嗅，滿意地笑了。陳皮止咳順氣。余小姐這兩天要用呢，趕緊挑幾片好的。

余美好吃了感冒茶，晚上精神好些了。她覺得肚子有點餓，便坐在床沿上，在黑暗中摸着拖鞋。客廳只有微弱的燈光；美好出了房間，只有廁所燈開了，屋裏沒有人。飯桌上放了一個倒轉的筲箕，美好打開一看，湯碗裏有飯，很多蕃茄，菜心的花沒摘乾淨。美好微笑起來。

見窗外的榕樹下掛着一點燈光。美好把飯翻熱了，拿着走到屋

外。英杰盤膝坐在樹下的石頭上，在燈光中抬起頭看着她笑。美好便坐在他的身邊，看見他手裏拿着兩片葉子，地下也堆了一堆，便問：「你在幹甚麼？」英杰道：「編東西。」美好聞到一陣檸檬的香味，說：「這是屋後的香茅？」英杰點點頭：「沖茶喝喝不了這麼多，由它枯了太可惜了，不如用來賺錢。」美好「吓」了一聲：「賺錢？」英杰把手裏的東西遞給美好，美好放下碗接過；那是一塊小小的墊子，用香茅葉打十字編成的，像手掌般大。美好問：「這是杯墊？」英杰笑着點點頭。美好又問：「編這麼多，你拿去賣嗎？」英杰又低頭編起來，說：「寄回紐西蘭，那邊有個同學，家裏開精品店。我同學說，一個可以賣五個紐元，他付郵費，另外利錢分四成給我呢。」美好吃了一驚：「五個紐元？那不是幾十塊港紙了？」英杰說：「我先編十來個試試。如果好賣，你就在這邊做起來，我在那邊聯絡，賣到不同的店去。」美好分不清他是認真還是說笑，只好低頭默默地扒飯。

飯吃了一半，美好忍不住放下筷子，說：「你真是長大了。」英杰雙手沒有停下來，說：「今年生日我二十三歲了。」美好嘆了口氣：「那時候你像個小冬菇似的站在我面前。」英杰想一想小冬菇的樣子，大笑着說：「你說的是二十年前了吧？」

英杰見她發呆，便問：「其實你有沒有想過小學關門之後的生活？」美好說：「有是有，不過想得不多。待下個月初，學校交

回了，那時再說。」英杰先是不作聲，半晌又道：「不如到紐西蘭，你可以在我家的餐廳幫忙。」美好笑着說：「我多少年沒說英文了？到了那邊成了啞巴了。」英杰說：「我可以教你。」美好沒答。英杰嘆了口氣：「不過你在這裏教音樂，在餐館幫忙太浪費了。」美好笑着，拿起杯墊拍一拍英杰的頭。一陣檸檬的香味飄過；他的側面像黑夜裏一種奇異的白色花朵。

美好把飯碗放在一旁，拿起英杰的水壺，說：「以後蔡偉業搬到西環了，他說外面的遊戲機中心款式又多又新。」英杰忽然呵呵地笑着：「那肥仔告訴我，通濟的圖書館裏有一幅畫，到了晚上眼睛會轉來轉去。」美好幾乎把茶都噴在地上；她掏出手帕來抹嘴，說：「那是小學創辦人的畫像。這鬼故在我讀書時已經有了，準是他姐姐告訴他。」英杰剛又編好一個墊子，問：「他姐姐也是通濟小學的？」美好點點頭：「他姐姐是我頭幾年教書時的學生，現在也讀大學了，和你差不多年紀。」

英杰把墊子放下來，說：「不如到通濟小學走走，看看是不是真有鬼。」美好嚇了一跳：「現在？那兒一個人也沒有。」英杰說：「這才好玩呢，反正我回來兩個月了，還沒去看過。」

晚上的通濟小學，看起來比日間的時候反而新淨些。黃色的大閘，沒有鎖上，一推開便進去了。長方形的平房，六個門口整齊地

對着操場,藍色的大門全都緊閉着。外牆淺藍色的油漆像枯樹的落葉,大塊大塊地掉下來,露出裏面白色的石灰。操場上豎起幾根鐵枝,上面掛一個尼龍繩結成的網,鐵枝下放幾塊大石頭壓着,就是小學生用的籃球架了。校舍後面是一棵大龍眼樹。美好抬起頭來,說:「我試過爬上去摘龍眼,學生在下面接着。」風吹來,吹動了樹,漆黑的天空好像忽然搖動起來。美好不禁用手揉一揉眼睛。英杰走過去,把樹幹搖了搖,說:「可惜天黑了,不然我現在就爬上去看看。」美好說:「現在還未到時候呢。」

他們繞到校舍的另一邊,卻發現其中一個窗有光。美好停下來,拉着英杰說:「這裏不就是圖書館麼?」英杰也呆了呆,隨即躡手躡腳走到窗旁,卻被一連串「汪汪」的狗吠聲嚇得向後退步。佩欣把頭伸出窗外,看見美好和一個年輕人站在那兒發呆,便拍拍福福的頭:「福福別吠,你不認得蜜斯余麼?」

美好站在外面往內望,只見佩欣一個人,便問:「怎麼你一個人在這裏?這裏又黑又靜。」佩欣說:「我在這裏做功課。嫲嫲在家裏看電視。」她一邊說,一邊往英杰身上盯。英杰對她笑了笑,她便別過臉去。美好說:「我們進來看看。」

他們穿過校舍中間的走廊;兩邊的課室門沒關上,月光透過來,斑駁地落在課室內的桌椅上、地上。往前看,走廊的盡頭是校

長室；那道門是通濟小學的房間中最高的，緊緊地閉着。美好緊跟在英杰後面快步走，英杰回過頭來，說：「三契姨，你快把我推在地上了。」

佩欣早把圖書館的門打開，站在門口等着。美好從英杰的身後轉出來，跳進燈光下，說：「你真大膽，一個人在這裏溫習。」她一面說着，一面只管四面看：這麼多年來，美好從來沒有在晚上來過通濟；這小小的圖書館，從她在這裏讀書、教書，三十年來好像沒有變過——三十年？美好又想一想：的確是三十年了。

美好走到書架前，拿起一本書，拍走封面的灰塵，是謝冰瑩的《女兵自傳》，白色的封面，上面畫有一枝蘭花。她把書放回書架，嘆了口氣。佩欣說：「剛才我把圖書館的地掃了一遍。」美好點點頭，看見英杰站在門口，那畫就在英杰的頭上，不禁笑了。英杰抬起頭來，只見畫裏的男人穿着西裝，頭髮三七分界，架着一副金絲眼鏡，鏡片後的眼珠圓圓地睜着，好像不喜歡被人注視，又好像被看的人嚇着似的。

美好站在英杰旁邊，看着佩欣說：「對了，我們剛才談起你來了。」英杰說：「這位就是蔡偉業的姐姐？」美好給他介紹：「這是蔡佩欣。他是我契姐的兒子英杰，從紐西蘭回來探望我。你弟弟告訴他，說圖書館有鬼呢。」佩欣指着那畫笑起來：「這幅畫吧？

是我告訴他的。」英杰向佩欣笑了笑，佩欣也就回說聲「哈囉」。

美好走到佩欣剛才坐着的位置旁邊，翻一翻桌面的書，裏面是穿着各種衣裳的人像。英杰把手插進袋中，在旁邊瞥了瞥，問：「你讀時裝設計？」佩欣點點頭。美好說：「佩欣從小到大成績都很好，她說要到外國留學呢，紐西蘭有沒有時裝設計學校？」英杰和佩欣都哈哈大笑起來。英杰說：「沒有人到紐西蘭讀時裝的，除非佩欣打算為擠牛奶工人設計制服。」美好瞪了他一眼，對佩欣說：「已經很晚了，多讀一會好回去了。」英杰又到處看了看，和美好走了。

回家的路上，佩欣想起上次見到英杰的時候。那一次，他戴着一頂鴨舌帽，坐在村口的樹下，不知怎的睡着了。之後又有一次，見到他在全叔的店裏走出來。有時又見他騎着單車經過。佩欣只知道他不是這裏的人。

我又是不是這裏的人呢？佩欣想。暑假過後，她便又回到宿舍了。爸媽住在西環，地方很小，況且她也不想與父母住。放假的時候，佩欣就回島上看蔡婆和弟弟。然而最後一個暑假快結束了。我想到外面闖一闖。人生就這麼一次，好歹也過一過留學生活，也許將來我會是另一個譚玉燕、張露露，佩欣想。然後佩欣又想起蔡婆。福福在佩欣旁邊，輕快地走在鋪滿月光的路上，像一個跳躍躍

的孩子。可是福福老了；牠已經十一歲，是個老人家了，像蔡婆一樣。佩欣不知道福福聽見一些她聽不見的聲音。牠朝遠遠的左邊看去，甚麼也看不見，卻分明聽到兩個人在吵架。聲音遠着呢，而且是熟人的，不妨事。福福只輕輕地嘀咕了一下，便守在佩欣的旁邊回家去了。

終於，全叔也聽見沈先生和沈太太的吵架聲了。說清楚一點，是沈太太在哭，沈先生在店內，背着沈太太坐；真聽不下去時，便把椅子搬到外面，木無表情地望沒甚麼人的街。全叔隱隱約約地聽了兩天，大概是沈先生前一陣子跟朋友返大陸旅遊，做了一些不該做的事。他也想不到平時針戳也不作一聲的沈先生會這樣做。人不可以貌相啊，全叔想。

沈太太坐在櫃台後面，兩隻手肘抵在冰涼的玻璃上，手帕掩着眼睛，可是眼淚還是不住往外流。她覺得整個自己都掉進玻璃櫃裏去，甚至是碎成玻璃櫃的一部分了；路過的人可以徹底地看透她，連她的心臟肺腑都看得見。她彷彿回到六歲那年，看着母親坐在石墩上，拍着大腿，嚎啕大哭的樣子。所有路過的人都朝她母女看。想起獨力養大自己、早已過世的母親，沈太太哭得更淒涼了。

這一天，全叔忍不住了，泡了一杯花旗參過去，放在玻璃櫃台上：「有事慢慢講，慢慢講。」

沈太太沒有答腔，依舊哭着。沈先生木然坐在門口。全叔遞上一支煙，把沈先生請到自己的店裏。兩個男人沉默地吸着煙，誰也沒說甚麼。

　　一個星期後，那個下雨的下午，沈太太突然出現在蔡婆的家。她手上拿着一個布包。蔡婆讓她到屋裏坐，沈太太便在客廳坐下，把布袋端端正正地放在大腿上。她在等佩欣回來。

　　佩欣卻在美好家裏。美好見她臉有點紅，便開了風扇，倒了一杯水給她。佩欣把她找來的外國設計學校資料都攤開了，美好看得眼花繚亂，便把英杰也叫來了，三個人圍着茶几坐着。風扇向兩邊搖着頭，不時輕輕翻起各種顏色的紙角。

　　美好其實不太懂。師範畢業已經十多年了；之後，一直在通濟教書，快連尖沙咀都不認得了。她覺得自己已經和時代脫節。佩欣告訴她：「紐約、巴黎、倫敦，這三個地方的學校是最好的，如果想便宜一點，東京的也可以。」美好一面聽，一面看着窗外的一棵蕃茄，在細雨中更翠綠了；上面結着青色的、細小的果子，不留心看是看不出來的。英杰就坐在窗前，托着頭，似乎是很留心地與佩欣商議着。他背着光，看不見他的表情。雨細得一點聲音都沒有。

　　「三契姨，你說是嗎？」英杰忽然說。美好這才回過魂來，發現他們的話已經飛到老遠去了。她只好打了兩個噴嚏，站起來說

去泡茶。於是廳裏只剩下英杰和佩欣兩個了。英杰看着美好的背影，彷彿在自言自語：「中藥吃了好幾劑了，還不願看西醫。」佩欣「噗」一聲笑出來：「你這句話不要讓全叔聽見。」英杰苦笑着搖搖頭。佩欣把聲音壓低一點點，說：「蜜斯余有時是很固執的。」英杰點點頭。佩欣又說：「我小時候曾經很討厭她。」英杰「哦」了一聲，佩欣沉默了一會，還是告訴了英杰：「我從小到大都沒音樂天分，上音樂課唱歌時只是對嘴形。有一次，她發現了，當時沒揭發我，下課把我叫到教員室，教訓了我一頓，其他老師也在看，美術老師也在看。美術老師一向覺得我是好學生呢。」英杰笑着說：「她只想到課室裏有其他同學，就沒想到教員室裏有其他老師。」佩欣也笑了：「後來長大了，就算了。她教書倒是很認真的，雖然教音樂，有時放學後也教我們別的功課。到了我弟弟時，幾乎所有科目都是她教了。」英杰嘆了口氣：「就是太認真了，腦筋不太轉彎。我代她向你道歉。」佩欣「哈」一聲說：「這可奇怪了，又不是你得罪我。」英杰站起來，轉身推開窗，兩手撐在窗台上，看着天空，雨已經下完了。

　　廚房裏傳來叮叮噹噹的杯盤聲；英杰向佩欣笑了一笑，便走過去了。佩欣獨自坐在木椅上，翻動手上的本子。這本子就是佩欣腦海中的天橋，模特兒穿起自己設計的服裝，冷眼看着腳下的群眾；鎂光燈照亮了天橋的路，高跟鞋上的腳步搖搖晃晃，彷彿隨時會從

橋上掉到塵世來。

「畫得真美呀。」蜜斯余的聲音忽然在耳畔響起，把佩欣嚇了一跳。美好把本子接過，逐頁逐頁翻看。蜜斯余的腰板挺得很直，雙腳合攏着，就像站在黑板前的樣子。英杰在美好身後，把托盤放到几上，也把頭湊過來了。美好說：「佩欣一向很能畫，就是上課有時心散一點。」英杰向佩欣擠擠眼睛：「我知道通濟小學雖然結束了，這種調調是永遠不會完的。」美好又瞪了他一眼，把本子還給佩欣。

佩欣回家的時候，沈太太已經等了兩個小時了。蔡婆把茶添了又添，兩個在看下午重播的電視劇。福福突然站起來搖尾巴，佩欣便進門了。沈太太依舊坐在那兒，看着佩欣微笑。佩欣有點詫異，說了聲「沈太太好」，蔡婆便說：「你跑到哪兒去呢？沈太太等了你好久了。」蔡婆有點耳聾；她不知道自己說話特別大聲。

佩欣還未回答，沈太太便說：「沒關係，是我自己來的，佩欣不知道。」

蔡婆一拐一拐地過去把電視關了，屋子頓時靜得令人耳朵生痛。福福把後腿抬來，「蓬蓬蓬」在耳後的地方搔癢。沈太太說：「我有一件東西送給你。」說着就把布包交到佩欣手上。佩欣和祖母對望了一眼，打開布包，露出那隻金光燦爛的孔雀來。佩欣雖有

點料到，但還是吃了一驚。蔡婆搶在前面說：「這太貴重了，不能收。」沈太太笑着說：「我要搬了，家裏沒地方放，況且我也沒機會穿，不如送給佩欣。」蔡婆整天坐在屋外，也約略知道沈家的事，便說：「沈太太，人誰沒過錯，幾十年夫妻了。」沈太太沒作聲。佩欣也勉強笑着說：「不如你再考慮一下。」沈太太嘆了口氣，說：「我不是搬到別的地方，是我媳婦快要生孩子了，我兒子叫我過去幫忙。恆昌也沒甚麼生意，老頭子一個人看店夠了，他自己照顧自己吧，我不管他了。」說着，她把佩欣上上下下打量了一遍，又嘆了口氣。

沈太太走了之後，佩欣把旗袍拿回房間，攤開在床上。她撫摸着那些飽滿的針線。將來我的婚紗也要這樣的刺繡，佩欣想。她忍不住走到露台伸了一個懶腰；手帕晾了好幾天，早乾了，迎着風，像一張快樂的旗幟，向着空曠的街飛舞。

英杰在全叔的店裏等着。他拿起一片形迹可疑的物體，問：「這是甚麼？」半晌，全叔冷冷地答：「說了你也不明白。」英杰聽他口氣不善，便不作聲。又半晌，全叔才說：「這是當歸。余小姐已經大癒了，病好之後就要調理調理。」英杰又問：「當歸是女人吃的藥吧？」全叔瞥他一眼：「胡說，藥只分體質，哪裏分男女？這都是一知半解的人在胡說八道。」英杰又把旁邊一片陳皮拿起來，湊到鼻前，一陣熟悉的味道充滿他的記憶：「這個我吃過

的。」全叔又冷笑起來：「廢話，中國人，哪一個沒吃過陳皮？」要不是藥還沒執好，英杰就要站起來走了。

全叔忽然放下天秤，說：「中醫與西醫不同啊，西醫是頭痛醫頭，同一個病就開同一種藥。中醫不同啊，你感冒了，和余小姐感冒了，就是兩回事了。你年紀輕，多是一時的風寒，發散了就好。余小姐大你幾年，教書又辛苦，我一把她的脈，就知她是氣虛體弱，懂麼？」雖然全叔的眼睛看着空氣，英杰也只好答「懂」。全叔又拿起秤子，說：「所以啊……你是余小姐的哪一位？」英杰想不到他突然這樣問，如實答道：「她和我媽媽是結拜姐妹，我媽媽以前也是在這裏住的。」全叔打量了英杰一下，問：「令壽堂是哪一位？」見英杰答不上來，又問：「我問你，你媽媽是誰。」英杰說：「我媽叫陳玉蘭。」全叔吃了一驚：「陳玉蘭的孩子這麼大了？她很早就搬出去了。」英杰說：「我們十年前移民，我媽現在在紐西蘭。」全叔從鼻孔裏「哼」了一聲，說：「番書仔，怪不得甚麼也不懂。」英杰想：要不是看你一把年紀，我早就跟你開火了。

全叔把藥包丟在櫃台上：「執好了，五十六個半。」英杰低頭數錢，數完抬起頭來，卻不見全叔的蹤影。他回頭看看，卻見全叔在店裏面的小房間裏，獨自坐在窗前。

　　英杰回來把藥煎上了，便坐下來幫美好摘豆芽。他問：「三契姨，藥材店的全叔也認識我媽？」美好把摘下來的豆芽根放在報紙上，說：「對呀，你媽那時常拖我到他那裏拿陳皮梅吃。他的兒子又是我的中學同學。」英杰「哦」了一聲，然後才說：「我覺得他很難相處。」美好聽了，知道英杰一定受過氣了，便微笑着說：「他以前不是這樣的。以前我們成群孩子到他那裏，他把山楂餅、嘉應子一把把抓給我們吃呢。」英杰說：「你和他很熟？」美好想了想，說：「以前更熟一點，我和他的兒子讀高中時一起乘船上學，每天早上都到他家裏。」英杰聽了，便說：「你們拍拖？」美好哈哈大笑，重又抓起一把豆芽。英杰看着美好說：「我猜對了？」美好笑着說：「別只管瞎說，快動手。」

　　過了一會，英杰又說：「我一定猜對了。」美好說：「好囉嗦，陳年舊事，與你甚麼相干。」英杰只管問：「後來呢？後來呢？」美好說：「後來便分開了。」英杰問：「為甚麼？」美好把摘好的豆芽放在筲箕裏：「十來歲的感情，開始與分開都沒甚麼理由。現在是理由太多，不想開始。」說着，她站起來，把豆芽拿進廚房，放在水龍頭下沖洗。

　　吃飯的時候，英杰又問：「全叔的兒子，現在怎樣了？」美好想不到英杰還要追問；她猶豫了一下，說：「五年前死了，肝癌死的。」英杰沒想過會是這個答案，一時不敢作聲。美好說：「兒

子死後，全叔也大病一場，之後性情就變了。」英杰看着美好的神情，說：「早知道不問，別說了。」

美好打起精神說：「佩欣剛才打電話來，問我們明天有沒有空。」英杰頭也沒抬：「幹甚麼？」美好說：「她說蔡偉業想回通濟摘龍眼，問我們去不去。」說着，她拿手肘碰碰英杰。英杰抬起頭看着她，說：「這裏就只我和你，用不着打暗號。」美好見他把面都急紅了，不禁有點詫異，說：「開玩笑罷了，況且佩欣是個好女孩。」英杰低下頭，一味把飯往口裏撥，含糊地說：「我沒有說她不好，只是與我沒關係。是你剛才說的，有些事情沒有理由。」美好有點下不了台階。她放下飯碗，走進廚房，揭開藥吊子的蓋，一陣苦澀而潮濕的藥氣攻上來。該差不多好了，美好便把薄荷放進去。她打開旁邊的紙包，依然是葵花牌山楂餅，多得她吃不完，像以往一樣。

全叔坐在店裏，一邊為眼前的張姑娘把脈，一邊拿眼溜着滿店的街坊。這兩天陰晴不定，傷風的人就多了。二十年前，整條通濟下村就有好幾個中醫，然而大家只來看全叔。他說得出每個人的名字，還記得他們的生活習慣，幹哪一行：林師奶炒菜不下薑，寒。陳先生在外面當廚房，老站着，膝蓋容易痛。張伯吸煙吸得兇，多痰。

全叔對張姑娘說：「舌頭伸出來看看。」張姑娘依言做了。全叔看一看，閉上眼睛，問：「最近有大便嗎？」張姑娘說：「最近不大暢順，三四天才有一次，覺得急，又出不了來。這和傷風有關係嗎？」全叔猛地睜開眼睛，把張姑娘嚇了一跳：「誰說你傷風？你這是中氣不足，所以常覺頭暈，四肢無力，大便也不夠氣，自然便秘了。你以為頭暈就是傷風麼？」

張姑娘不敢作聲，乖乖把藥拿回家去了。下一個是黃師奶的小孫子，才歲半。全叔拖着孩子的手，笑着說：「噯呀，先喚一聲來聽聽。」孩子卻別過面去了。黃師奶說：「這兩天不願吃飯，別的倒沒甚麼。」全叔把孩子的嘴巴輕輕打開，說：「出牙了。」

大家都滿意地離開了。全叔看着人逐個逐個來，然後逐個逐個去，就這樣，太陽便下山了。他的兒子阿鏗早回來了，和一個女同學在店入面做功課。阿鏗老是把窗口的位置讓給女孩子坐。女孩梳着一條馬尾。早上，她和他的兒子一起上學。後來美好再沒來了，不過在村裏碰見，還是會跟他打招呼，喊一聲「全叔」。後來阿鏗就搬到外面住了；後來他也帶過好幾個女孩子回家，每次都把窗口位讓給人家；後來他進了醫院，後來就沒有後來了。

全叔拿眼溜着。現在陪着他的，是一瓶瓶白朮、蓮子、淮山、黨參……他不服氣，但後來還是兼賣了洗頭水、沐浴露、洗衣粉。

有時他會想，那一天自己突然死了，就讓街坊把店裏的東西分了吧。那幾十支洗頭水護髮素夠他們各人用幾個月。全叔走到門外坐着。恆昌今天沒開門，天色倒是很好。這裏是再也沒甚麼新鮮事的了，不外乎是哪一個來，哪一個走。全叔又點起香煙，把恆昌的窗簾掛上，然後又把陳皮拿出來。

這個晚上，美好躺在床上，覺得有點涼，便坐起來把風扇關了，重又躺下來；可是不久她覺得有點熱，便又坐起來開風扇。如此重複了好幾遍，她終於知道自己失眠了。

通濟村的夏夜有許多聲音。風吹過樹，偶爾有些甚麼掉在地上，「噗」的一聲，可能是大塊的落葉、果子；蟋蟀的綠色的長腿使勁地磨擦着；蟬在震動牠的翅膀。

美好索性起床，走到廚房翻起冰箱來了。冰箱的光讓她瞇起了眼睛。裏面有幾棵白菜、幾個蕃茄、晚餐吃剩的半碗豆腐、一碗節瓜粉絲。正翻着，忽然後面有人說：「你在幹甚麼？」美好回頭過去，見是英杰站在廚房門口，便說：「我以為是誰，嚇我一跳。」英杰說：「我才嚇了一跳，我是聽見聲音出來的。」美好「噗」一聲笑了：「睡不着，就肚餓了。」英杰笑着搖頭：「索性開兩罐啤酒吧，喝了睡覺去。」

兩人便把餸菜翻熱，坐在窗旁的小几前吃起來。英杰看看大

鐘，說：「半夜兩點半爬起來吃飯，你常常都是這樣？」美好正忙着把豆腐裏的豆豉挑出來，沒有答腔，半晌才說：「間中吧，忘了你在這裏，把你吵醒了。」英杰看她一眼，只見她連頭髮也沒梳好。英杰說：「學校下個月就有人來收了。」美好點點頭。英杰開了啤酒：「所以你睡不着？」美好沒言語。英杰又問：「還有甚麼工夫？」美好說：「沒甚麼好辦了，要簽的文件校長走之前已簽好，傢俬、文具、書本，大家都點好記下了。同事留下來的東西我都分好了，能用的就捐掉，不能用的，看哪一天你幫忙拿到垃圾站去。」英杰笑問：「那幅畫呢？」美好也笑了：「你要麼？帶回去給你媽。」

凌晨兩點半，碗筷碰撞的聲音特別響亮。廳燈開了，一隻飛蛾便撞到紗窗上，急速地拍動雙翼。英杰低頭呷了口啤酒，說：「你捨不得吧。」美好說：「那也沒辦法。」半晌，又說：「節瓜粉絲還是加個鹹蛋更好。」

英杰一小撮一小撮地吃着粉絲，慢慢地咀嚼。然後，他說：「三契姨，你變了。」美好沒有作聲，只是一小口一小口地吃着豆腐。英杰又說：「你以前不是一個容易放棄的人。」美好笑道：「你不明白。」英杰說：「我怎麼不明白呢？說來聽聽。」美好說：「世事不是你想怎樣就怎樣的，你將來就明白了。」英杰放下筷子：「你老把我當成小孩子。」美好也放下筷子：「你生甚麼

氣？」英杰說：「我哪有生氣了？」美好說：「沒生氣，那麼大聲幹甚麼？」

她也聽到自己的聲音在耳邊嗡嗡作響了。英杰拿起啤酒罐，走到窗前，看着紗窗外的那隻飛蛾。他清楚地看到蛾的翅膀是透明的淺褐色；牠的美麗無法追得上塵世的光和熱，只能在外邊團團轉，直到自己筋疲力盡為止。

美好說：「對不起。」英杰沒有答腔。美好擱不下臉來，眼圈就紅了。英杰沒有朝她看，卻走到另一邊，把客廳的燈熄掉。漆黑中，他走到窗前，拍一拍紗窗，說：「走吧。」

風在窗外，穿過綿密的桑樹的葉。美好覺得那聲音像下雨，又像誰的手穿過樹蔭，穿過潮濕的空氣，細小的樹葉在指縫間翻動，向她伸過來。英杰依舊站在窗前，說：「我是認真的⋯⋯你跟我回紐西蘭吧。」他的聲音聽起來像夏天裏一片被遺忘的枯葉，扁平的、乾燥的，隨時會燃燒起來。美好並不覺得冷，但她還是抱着自己的臂膀。她看見自己裸露的雙臂，在黯淡的月光下無所遁形。她勉強笑了笑，說：「你瘋了。」說這話時，她覺得自己也瘋了。

飛蛾得到釋放，果然飛走了。牠飛着飛着，飛到福福的頭上，福福把頭搖了搖，牠便飛到蔡偉業房間外的大樹上。牠安靜地伏在那裏，翅膀上的圓形花紋像一雙大眼睛，看着窗內的蔡偉業。蔡偉

業正在做夢。他看見自己在通濟的課室裏和其他同學一起上課，老師卻變成了他的母親。蔡偉業蹲下來；他要在母親點到他的名字前逃走。他在同學的鞋子與桌椅的腳之間穿插，爬來爬去，就醒了。

蔡偉業張開眼睛，發現自己仍躺在家裏的床上。他想尿尿，可是又有點怕。他看出窗外，外面的樹變成一個肢爪張狂的黑影。蔡偉業閉上眼睛，又忍不住張開來看，好確定那其實是與白天一樣的樹。他拼命地盯着，發現樹背後的天空已開始透出藍色的光──天亮了。蔡偉業登時鬆了口氣，幾乎是馬上又睡着了。他沒想過再醒來的時候，他的祖母已經不在了。

天剛亮，福福就不停地在門外吠，終於把佩欣吵醒了。佩欣翻過身來，睜開眼，看看鬧鐘，才六點半，便又轉過身去。正要睡去的時候，她忽然想：嫲嫲應該起來了。福福依然拼命地吠。佩欣又張開眼，想了想，便爬起身來。

福福的吠聲幾乎把門也搖下來了。看見佩欣開門，牠「嗚嗚」叫了兩聲，轉頭便跑。佩欣跟着福福跑到樓上，撩開門簾，只見蔡婆還安靜地躺在床上。佩欣走過去，拍着蔡婆的手，見沒反應，又拍她的臉。

「阿嫲，阿嫲，」佩欣沒命地搖着蔡婆尚暖的身體，然而蔡婆已經不在了。

他們呼喊着。後來，太陽出來了。這依舊是一個晴朗的早上。

摘龍眼的約會一直到蔡婆的身後事完結之後才實現。喪禮上，大家知道蔡偉業要摘龍眼，便約了日子。那時龍眼也快過造，通濟小學也快要關門了。然而通濟卻是許久沒這麼熱鬧過。樹上的龍眼許多被鳥吃了；蔡偉業爬上去，英杰站在下面看着。沈太太和美好到花圃那邊，試着把那邊的繡球花拔出來，移植到村口的榕樹下。

之後沈先生也來了。他站在那兒好一會，吸了一支煙，把煙頭丟在地上，踩熄了。大家都在忙着。沈先生索性拿起掃帚，把操場的落葉掃起來。他將落葉放在一個鐵桶裏，把點着的火柴丟掉去，葉子便馬上「噫噫」地燒起來；灰白的煙從鐵桶裏湧出，撲向他的臉，嗆得他一陣咳嗽，掉下眼淚來。他希望自己化成一陣煙，一撮灰，消失了，便沒有人記得他做過些甚麼。孫子已經滿月了，他還沒見過一眼；兒子打電話給他，他自己不願多講，匆匆便掛線。通濟村的人碰見他都裝作若無其事，讓他更難過。那一晚，全叔對他說：「要道歉呢，就趁大家身體還硬朗的時候。」沈先生知道這話是對的，但就是拿不出勇氣。

龍眼摘完了，英杰便找人去吃。經過圖書館，看見佩欣站在書架前，便倚在門口，只說了一聲「嗳」。佩欣也說了一聲「嗳」，一面仍是低頭揭着手上的書。英杰把龍眼放下來，走過去，看見又

是《女兵自傳》，回頭看看無人，便把書從佩欣手上拿過來，合上了，塞在她手上。佩欣呆了一呆，便急忙把書放進手提包。兩個人對望着笑起來。

英杰說：「留學的事，怎麼樣了？」佩欣說：「申請了三間學校，一間在倫敦，一間在紐約，一間在東京。」英杰說：「你懂日文麼？」佩欣搖搖頭說：「到了那邊，迫着要講，自然就懂吧。」英杰點點頭。

他走到陳仕安的畫像前。白天看上去，畫中人好像一下子蒼老了許多，嘴角旁邊兩道法令紋清清楚楚。佩欣走到英杰旁邊，說：「學校收了，再也沒有鬼故事了。聽說你媽也是通濟小學的舊生，你拿回去讓她留念倒好。」英杰笑道：「三契姨也是這樣說。」

佩欣問：「那麼，你甚麼時候回去？」英杰說：「八月尾。」佩欣又問：「一個人回去？兩個人回去？」英杰一時摸不透她話裏的意思，回過頭來，只見佩欣淡淡地笑着。靜默了半刻，他嘆了口氣說：「我也不知道。」

佩欣還是看着畫，說：「那麼，有一件事告訴你。」英杰也看着畫：「請說。」佩欣說：「如果紐西蘭有時裝設計學校的話，我可能會到紐西蘭的。」英杰雖然猜到佩欣的心意，心還是突突地跳起來，只好不作聲。

之後，全叔也來了，美好開了校長室的門，大家便到裏面的沙發上、地氈上坐下來。蔡偉業替福福抹抹腳板，也把牠帶進來了。沈太太從市區帶了西餅來，還有剛摘下來的龍眼，茶果、酸梅湯，大家分着吃。這是蔡偉業第一次到校長室。他看着那硬木造的深褐色辦公桌，背後一張高大的黑色皮椅。美好說：「要不要坐坐看？」蔡偉業便真的坐上去了，大家都笑起來。美好把自己的電話寫下來，交給蔡偉業：「到了新學校，有功課不明白的，打電話來吧。」沈太太把孫子的照片帶來了，大家傳來看，沈先生也看了。沈太太又把才編了一半的嬰兒帽拿出來。佩欣接過來看，是簡單的平針，用三支棒針來編成一個圈，毛冷是黃白兩色的，捧在手裏好像一朵雞蛋花。

　　那天晚上，他們在學校操場裏搭了一個燒烤爐，又玩又吃地過了。到了晚上十點多，大家才各自散了。英杰抬起陳仕安的畫像，走在美好的後面。街燈照着地上，好像一片燦爛的月光。英杰覺得美好今個晚上出乎意料地愉快，便搭訕着說：「大家都好像沒甚麼傷感。」美好說：「這一天總要來的。」英杰沉默了一會，說：「我月尾也回去了，下個月開學了。」美好並沒有回過頭來。英杰等着，比整個暑假更漫長。

　　終於美好開口說話了：「我有一個老朋友在中環開琴行，她叫我幫忙教琴，我答應了。」英杰看着美好的背影；她穿着一件淺藍

色的棉背心，下身是一條藍色條子的半截裙，腳上一對涼鞋。她把雙手繞在背後。英杰記得，他十六歲那年的聖誕，美好到紐西蘭探望他一家，在一個花園的小徑上，她也是走在他前面；草的腥味瀰漫，就像這一刻。她和他的時間永遠屬於假日，像一個注定要醒的夢。英杰低頭看着自己的腳不由自主地向前行，問：「那麼，你留在這裏，還是搬到外面去？」美好說：「我留在這裏。我答應了佩欣，替她照顧福福。」

英杰早料到美好會這樣決定。他又說：「還有一年我便畢業了，我也得考慮留在紐西蘭，還是回來。」美好說：「英杰，這是你自己的前途，沒有人能為你決定。也許到時你會有更好的……選擇。」

英杰沒有話可說了；他覺得自己在這時候，唯一能做的就是稍為任性一下。於是他抬起頭，看着天空，大大地嘆了口氣。美好聽見了，依舊在前面低頭走着；半晌，她忽然說：「我一直以為你還是個小孩子。我錯了，你已經長大了。」說着，她回過頭來，在黑暗中對他嫣然一笑。

那一刻，英杰覺得自己的身體內有些甚麼蕩漾着，快要滿溢出來了。他努力地控制着自己，過了一會才說得出話來。他說：「可是我還記得小時候你教我唱過的一首歌。」美好問：「哪一首？」

英杰便唱起來：

Perhaps love is like a resting place

A shelter from the storm

It exists to give you comfort

It is there to keep you warm

And in those times of trouble

When you are most alone

The memory of love will bring you home

他們便在回家的路上一同唱起來。

香 港 藝 術 發 展 局
Hong Kong Arts Development Council 資助

香港藝術發展局全力支持藝術表達自由，
本計劃內容並不反映本局意見

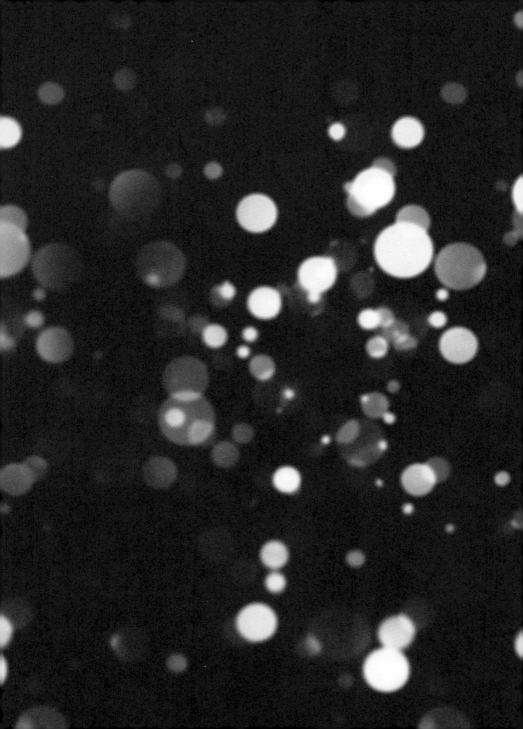